Max Mendelson

Die Stellung des Handwerks

in den hauptsächlich der ehemals zünftigen Gewerben

Max Mendelson

Die Stellung des Handwerks
in den hauptsächlich der ehemals zünftigen Gewerben

ISBN/EAN: 9783337182663

Printed in Europe, USA, Canada, Australia, Japan

Cover: Foto ©Andreas Hilbeck / pixelio.de

More available books at **www.hansebooks.com**

Die Stellung des Handwerks

in

den hauptsächlichsten der ehemals zünftigen Gewerben.

Inaugural-Dissertation

der

philosophischen Fakultät

der

Universität Halle-Wittenberg

zur

Erlangung der Doktorwürde

vorgelegt von

Max Mendelson

aus Wetzendorf b. Nebra a. d. Unstrut.

Halle a. S.

1898.

Meinen lieben Eltern

in Dankbarkeit

gewidmet.

Einleitung.

Das zünftige Handwerk war vom Mittelalter bis zum Ende des 18. Jahrhunderts die typische Form, in der die stoffveredelnden Gewerbe ausgeübt wurden. Die Zunftschranken wachten durch bestimmte Festsetzung der zulässigen Anzahl von Gehilfen, über die kein Meister hinausgehen durfte, mit peinlicher Sorgfalt darüber, dafs diese Form die Grenze des Kleinbetriebs nicht überschritt. Infolgedessen war bei den zünftigen Gewerben die Bildung eines Grofsbetriebes so gut wie ausgeschlossen. Keineswegs war jedoch den Zunftmeistern die Form des nicht zünftigen Grofsbetriebes unbekannt. Es gab im Jahre 1686 eine Tuchfabrik in Halle, die 50 Arbeiter und 300 Spinnerinnen beschäftigte, während ungefähr zur selben Zeit in Magdeburg die sogenannte gelbe kurfürstliche Strumpf-, Woll-, Tücher-, Bänder- und Seidenmanufaktur unter André, Pierre, Valentin und Claparède, die 500 Arbeiter vereinigte, betrieben wurde.[1]) Ähnliche Beispiele des Grofsbetriebes, dessen Absatzgebiet sich nicht auf den lokalen Markt beschränkte, könnte man aus dem Ende des 17. und Anfang des 18. Jahrhunderts noch viele anführen.

Aber diese Form des Grofsbetriebes war doch verschieden von der, wie wir sie heute kennen. Dieser Grofsbetrieb war in der Regel von der Staatsgewalt gemäfs ihren merkantilistischen Anschauungen besonders konzessioniert[2]) und mit aller Liebe und Sorgfalt gehegt, weil er im allgemeinen Gewerbe ausübte, die bis dahin im Lande

---

[1]) Vgl. Stieda, Art. Fabrik im Handwörterbuch der Staatswissenschaften, Bd. 3 S. 337.

[2]) In Preufsen erliefs Friedrich Wilhelm I. am 12. Dezember 1703 das Edikt, dafs keine Fabrik und Manufaktur ohne Konzession betrieben werden solle.

noch nie getrieben waren. Seiden und kostbare Tuche, besonders
Handschuhe, Band, Tapeten und ähnliche Stoffe, das waren die Waren,
die dieser Grofsbetrieb produzierte und in deren Herstellung er
im allgemeinen mit dem zünftigen Handwerk nicht konkurrierte. Erst
als mit Einführung der Gewerbefreiheit die Zunftschranken fielen und
die einzelnen gewerblichen Betriebe sich gestalten konnten, wie es die
wirtschaftlichen Verhältnisse bedingten und wie es der Betriebsinhaber
für gut hielt, und es auch zur Errichtung einer Fabrik keiner Konzession mehr bedurfte, erst da konnte sich der Grofsbetrieb auch
allgemein auf die Herstellung derjenigen Waren legen, die bis dahin
das dem Handwerker fast ausschliefslich vorbehaltene Produktionsgebiet
gebildet hatten.

Zunächst hatte ein Grofsbetrieb, der sich auf dem Produktionsgebiete der bis dahin zünftigen Gewerbe bildete, nicht übermäfsige
wirtschaftliche Vorteile vor dem Handwerk. Billiger Einkauf des
Rohstoffes im grofsen und eine durch planmäfsige Teilung der Arbeit
gesteigerte Produktivität der menschlichen Arbeitskraft, das waren die
hauptsächlichsten Vorteile, denen jedoch ganz entschiedene Nachteile
gegenüberstanden. Der Grofsbetrieb kann sich mit seiner Massen-
produktion im allgemeinen nicht auf den lokalen Markt beschränken,
er mufs vielmehr für seine Produkte ein weiteres Absatzgebiet suchen
und einen ausgedehnten Handel treiben, der bei wenig entwickelten
und noch nicht vervollkommneten Verkehrsverhältnissen naturgemäfs
sehr kostspielig ist. Da nun jedoch die Entwicklung der Kommunikationsmittel in Deutschland erst in der Mitte dieses Jahrhunderts
gröfsere Fortschritte machte, so hatte der Grofsbetrieb in der ersten
Hälfte dieses Jahrhunderts keine wesentlichen wirtschaftlichen Vorteile
vor dem handwerksmäfsigen Kleinbetrieb, weil seiner billigeren Produktion ein Absatz gegenüberstand, dessen Kosten die bei der
Produktion erzielten Ersparnisse oft übertraf. Deshalb kann man
auch in der ersten Hälfte unseres Jahrhunderts ungefähr bis zu den
vierziger Jahren hin von einer übermächtigen Konkurrenz des Grofsbetriebes nicht sprechen, im Gegenteil blieben die Verhältnisse in den
meisten der ehemals zünftigen Gewerbe (ausgenommen davon ist
hauptsächlich die Textilindustrie, die sich am allerfrühesten zur Grofsindustrie entwickelte) im wesentlichen so, wie sie im 18. Jahrhundert
gewesen waren, d. h. die Lebensfähigkeit des Handwerks war unbestritten. [1]

---

[1] Vgl. Bücher, Die Handwerkerfrage. Schriften des Vereins für Sozialpolitik,
Bd. 76 S. 21, Leipzig 1898.

Das wurde nun anders, als in der Mitte des Jahrhunderts die grofsen Errungenschaften der Naturwissenschaften in der Verwendung des Dampfes und der Vervollkommnung der gewerblichen Technik ihre Wirkungen fühlen liefsen. Zunächst schafften die Eisenbahnen die Grundlage zu einem Verkehrswesen, das mit der Entwicklung der übrigen Kommunikationsmittel (Post, Telegraphen, Telephon, Chausseen) zu einer vorher nicht gekannten Vollendung gelangte. Mit Hilfe dieser Verkehrsmittel verbesserte sich der Handel immer mehr und die Massenprodukte des Grofsbetriebes fanden schon einen weniger kostspieligeren Absatz. Als nun gar die moderne Technik die gewaltigen Maschinen schuf, die in kurzer Zeit die Thätigkeit, die bisher der Arbeiter mit der Hand nur unter grofser Anstrengung und Aufwendung von Geschicklichkeit verrichtet hatte, und diese Maschinen hauptsächlich nur vom Grofsbetrieb verwendet werden konnten, da wurde die wirtschaftliche Stellung dieses gegenüber dem Handwerke eine übermächtige. Der Absatz der fertigen Produkte vollzog sich nunmehr infolge des ausgebildeten Verkehrswesens ohne grofse Kosten und Schwierigkeiten und bei der Produktion liefsen sich viele Ersparnisse durch Verwendung der Maschinen und durch Einstellung einer gröfseren Zahl unqualifizierter Arbeiter erzielen.

Infolge dieser Verhältnisse entwickelte sich nun die Grofsindustrie immer mehr und mehr auf dem Produktionsgebiete ehemals zünftiger Gewerbe und rief in diesen einen Umbildungs- und Verwitterungsprozefs hervor, durch den die Konkurrenzfähigkeit des Handwerks mit den gröfseren Betrieben in vielen Fällen immer schwächer wurde. Die Verhältnisse liegen jedoch nicht in allen Produktionszweigen für den Grofsbetrieb gleich günstig, in manchen sind sie ihm sogar geradezu ungünstig, so dafs sich der erwähnte Umbildungsprozefs zum Untergang des selbständigen Handwerks bis zur Gegenwart zum grofsen Teil noch gar nicht hat vollziehen können. Trotzdem glauben viele, unter diesen besonders die Sozialdemokraten, dafs die gesamte gewerbliche Entwicklung mit Notwendigkeit zur Alleinherrschaft des Grofsbetriebes und zum Untergang aller kleinen Betriebsformen führen wird. Und selbst ein so hervorragender Kenner der gewerblichen Verhältnisse Deutschlands, wie Bücher[1] hält das Handwerk nur auf dem Lande für absehbare Zeit gesichert, während es nach seiner Meinung in den Städten nur spezialisiert, kleinkapitalistisch oder magazinhörig getrieben werden kann.

[1] Bücher a. a. O. S. 30.

In jüngster Zeit ist zur Beurteilung des Ganges unserer gewerblichen Entwicklung, insbesondere der Frage der Stellung des Handwerks in derselben, ein reichhaltiges Material zu Tage gefördert worden, nachdem lange Zeit hindurch die wissenschaftliche Forschung auf diesem Gebiete stillgestanden war. Die Schrift Schmollers „Zur Geschichte der deutschen Kleingewerbe im 19. Jahrhundert" [1] war bis vor kurzem die einzige umfassendere Darstellung des Umbildungsprozesses, der sich infolge der oben angedeuteten Verhältnisse in fast allen ehemals zünftigen Gewerben vollzieht. Aber sie erschien bereits im Jahre 1870. Bis zu diesem Jahre hatte die Grofsindustrie, wenigstens in Deutschland, nur in wenigen Gewerben erhebliche Fortschritte gemacht. In einer ganzen Reihe von Gewerben, z. B. Tischlerei, Klempnerei, Schlosserei, auch in gewissem Mafse Gerberei, ferner Schuhmacherei, Schneiderei, Böttcherei u. s. w. bildeten sich erst nach dem Jahre 1870 in gröfserer Anzahl Grofsbetriebe. Die Wirkung der neueren gewerblichen Entwicklung auf die Stellung des Handwerks konnte infolgedessen von Schmoller im Jahre 1870 nicht vollständig überschaut werden, und in der That beschränkt derselbe sich in seiner Darstellung des Kampfes des grofsen und kleinen Betriebes im wesentlichen auf die Gewerbe, in denen eine erheblichere Grofsindustrie 1870 bereits vorhanden oder doch in ihren Anfängen schon bemerkbar war, wie z. B. Weberei, Spinnerei einerseits, und Schuhmacherei, Schneiderei, Bäckerei, Fleischerei andererseits. Über die Entwicklung in den übrigen Gewerben, in denen allerdings erst in den letzen 30 Jahren die Bildung der Grofsindustrie in gröfserem Umfange Fortschritte machte, schweigt die wissenschaftliche Litteratur längere Zeit hindurch. Erst Ende der 80er und Anfang der 90er Jahre wendet sich die Forschung diesem Gebiete wieder zu. Es erschienen in dieser Zeit z. B. Schriften über die Schuhmacherei,[2] Buchdruckerei,[3] Schneiderei,[4] Bäckerei[5] u. s. w.

---

[1] Schmoller, Zur Geschichte der deutschen Kleingewerbe im 19. Jahrhundert. Statistische und nationalökonomische Untersuchungen. Halle 1870.

[2] Moritz Schöne, Die moderne Entwicklung des Schuhmachergewerbes. Jena 1888; Ernst Francke, Die Schuhmacherei in Bayern. Stuttgart 1893.

[3] A. Gerstenberg, Die neuere Entwicklung des deutschen Buchdruckergewerbes. Jena 1892.

[4] Gustav Herzberg, Das Schneidergewerbe in München, Stuttgart 1894

[5] Ph. Arnold, Das Münchener Bäckergewerbe, Stuttgart 1895. Zu nennen wäre auch für alle Gewerbe: Ludwig Sinzheimer, Über die Grenzen der Weiterbildung des fabrikmäfsigen Grofsbetriebs, Stuttgart 1893.

In allerneuester Zeit veranstaltete dann der Verein für Sozialpolitik seine Untersuchungen über die „Lage des Handwerks in Deutschland mit besonderer Rücksicht auf seine Konkurrenzfähigkeit gegenüber der Grofsindustrie. Ausgehend von der Anschauung, dafs die zahlreichen Klagen und Wünsche, welche auf den Handwerker- und Innungskongressen hervorgetreten sind, ein zutreffendes Urteil über die thatsächlichen Zustände nicht erlaubten, dafs aber auch andrerseits allgemein gehaltene Erörterungen oder Erhebungen über die Bedingungen, unter denen das Handwerk der Fabrik- und Verlagsindustrie gegenüber konkurrenzfähig erscheint, ein befriedigendes Ergebnis nicht versprechen könnten, sollten die Untersuchungen nach der Absicht der Veranstalter ein solches liefern, indem die thatsächlichen Zustände in einzelnen Gewerbezweigen unter Berücksichtigung nicht blos der handwerksmäfsigen, sondern aller Arten von Betrieben, welche das betreffende Produkt auf dem nationalen Markt liefern, zum Gegenstand der Darstellung gemacht würden.[1]) Das Ergebnis der Untersuchungen, das nunmehr in 10 umfangreichen Bänden veröffentlicht vorliegt[2]), hat das reichhaltigste Material zur Beurteilung der heutigen Stellung des Handwerks zu Tage gefördert. In 112 von den verschiedensten Personen verfafsten Arbeiten werden teils ein Gewerbe in einer bestimmten mehr oder minder beschränkten Örtlichkeit, teils ein oder mehrere Gewerbe mit Zugrundelegung einer bestimmten lokalen Abgrenzung (Dorf, Stadt, Provinz, Land u. dgl.) zur Darstellung gebracht. 44 der Untersuchungen entfallen auf die Grofsstädte, 22 auf Mittelstädte, 38 auf kleine Städte, 9 auf Landgemeinden, 6 auf ganze Gegenden und 2 auf das gesamte Königreich Württemberg.[3])

Unter Zugrundelegung dieser umfassenden Untersuchungen in Verbindung mit der vorher bereits vorhandenen Litteratur soll im folgenden in kurzer übersichtlicher Weise die heutige Stellung des Handwerks in einer gröfseren Anzahl von ehemals zünftigen Gewerben zur Darstellung gelangen. Da jedoch eine genaue Kenntnis gewerb-

---

[1]) Vgl. Einleitung zu Bd. 62 der Schriften des Vereins für Sozialpolitik, S. VI.

[2]) Untersuchungen über die Lage des Handwerks in Deutschland mit besonderer Rücksicht auf seine Konkurrenzfähigkeit gegenüber der Grofsindustrie. Schriften des Vereins für Sozialpolitik, Bd. 62—71. Leipzig 1895—1897.

[3]) Vgl. Hans Grandke, Die vom Verein für Sozialpolitik veranstalteten Untersuchungen über die Lage des Handwerks in Deutschland in dem Jahrbuch für Gesetzgebung, Verwaltung und Volkswirtschaft im Deutschen Reiche, herausgegeben von Gustav Schmoller, Jahrg. XXI, 1897, Heft 3.

licher Verhältnisse sich nur schwer aus gedruckten Berichten und Büchern gewinnen läfst, suchte der Verfasser, um auch nach eigener Anschauung urteilen und die Schilderungen in der einschlägigen Litteratur einer Prüfung unterziehen zu können, mit einer Anzahl von Vertretern der behandelten Gewerbe Beziehungen anzuknüpfen und deren Unternehmungen, als auch Urteile über die Frage kennen zu lernen. Es geschah dies meist in der Stadt Halle a. S., die in der Provinz Sachsen liegt und nach der Volkszählung vom 1. Dezember 1895 eine Bevölkerungszahl von 116 304 aufwies.

Für eine jede Untersuchung über die Stellung des Handwerks sind ferner die Ergebnisse der Gewerbestatistik von grofser Wichtigkeit, denn durch den Vergleich der Zahlen in den einzelnen Jahren lassen sich die stattgefundenen Veränderungen am besten überschauen und konstatieren. Auch für die folgenden Untersuchungen wurden die Resultate der Statistik in ausgiebiger Weise verwertet, besonders auch deshalb, weil die Ergebnisse der Berufs- und Gewerbezählung vom 14. Juni 1895, soweit sie bis jetzt veröffentlicht wurden, es ermöglichen, die Entwicklung der Verhältnisse bis in die letzte Zeit zu verfolgen. Welche statistischen Aufnahmen überhaupt in Betracht kommen konnten, und wie weit aus ihnen die heutige Stellung des Handwerks ersehen werden kann, wird jedoch erst in einem besonderen Abschnitt untersucht werden müssen, ehe mit der Darstellung der Verhältnisse in den einzelnen Gewerben begonnen werden kann.

Die deutsche Gewerbestatistik.

Unter den statistischen Erhebungen, aus deren Resultaten die Stellung des deutschen Handwerks in den letzten Jahrzehnten einigermafsen deutlich ersehen werden kann, kommen hauptsächlich die drei Gewerbezählungen von den Jahren 1875, 1882 und 1895 in Betracht. Es hätte allerdings naheliegen können, für die folgende Darstellung überall auch auf die zahlreichen gewerbestatistischen Aufnahmen zurückzugreifen, wie sie vor der Gründung des Reichs in fast allen Einzelstaaten das ganze Jahrhundert über angestellt worden sind. Mit Hilfe dieser Zahlen wäre es vielleicht möglich gewesen, ganz besonders die Unterschiede zwischen der Stellung des Handwerks heute und in der ersten Hälfte dieses Jahrhunderts zu illustrieren und deutlich zu machen Indes stehen der Verwertung der Resultate der Erhebungen in den Einzelstaaten mannigfache Schwierigkeiten entgegen. Sie sind fast alle in den einzelnen Ländern auf verschiedenartigem Wege zu verschiedenen Zeitpunkten vorgenommen worden; ihre Ergebnisse sind in zahllosen Einzelveröffentlichungen enthalten, so dafs es einer umfangreichen Arbeit bedürfte, sie zusammenzustellen und so zu gruppieren, dafs sie einigermafsen untereinander vergleichbar sind. Eine derartige Vorarbeit konnte jedoch nicht im Rahmen der nachfolgenden Darstellung angestellt werden, und so verbot es sich von selbst, die Erhebungen der Einzelstaaten zu berücksichtigen.

Von den oben genannten **drei deutschen Gewerbezählungen vom 1. Dezember 1875, 5. Juni 1882 und 14. Juni 1895** unterscheidet sich die erste in mancher Beziehung von den beiden letzteren. Während diese als selbständige Berufs- und Gewerbezählungen vorgenommen wurden, fand jene lediglich in Verbindung mit der Volkszählung vom 1. Dezember 1875 statt. Es war im Volkszählungsformular der Hauptberuf, die Stellung in demselben und die etwaige Nebenbeschäftigung jeder Person erfragt worden, und hieran hatten sich, ebenfalls im Volkszählungsformular, zwei „Extrafragen" für selbständige Gewerbetreibende angereiht, dahin gehend: 1. ob im Gewerbetriebe mehr als 5 Gehilfen verwandt wurden, 2. wie hoch sich in den Betrieben ohne oder mit nicht mehr als 5 Gehilfen die Zahl der Gehilfen und der Lehrlinge, sowie der Webstühle, Strumpfstühle und Nähmaschinen belief. Für die Betriebe mit mehr als 5 Gehilfen, die sogenannten Grofsbetriebe, waren sodann durch besondere Fragekarten detaillierte Nachweise über die Betriebsverhältnisse erhoben worden. [1]) Dieses Verfahren hatte mannigfache Unsicherheiten hinsichtlich der Ermittlung der Betriebe und ihres Personals zur Folge, [2]) da die Fragen nicht präzis genug gestellt worden waren und vor allen Dingen Mafsnahmen zur Verhütung von Doppelzählungen fehlten. Infolgedessen wurde die nächste Gewerbezählung vom Jahre 1882 nach wesentlich anderen Grundsätzen vorgenommen. Schon im Zeitpunkte trat dies hervor. In der That mufste es auch bedenklich erscheinen, eine Erhebung über gewerbliche Verhältnisse, wie man es 1875 gethan hatte, im Dezember vorzunehmen, wo z. B. alle Saisongewerbe, wie die mit der Bauthätigkeit im Zusammenhang stehenden nur zum äufserst geringen Teile betrieben werden und wo überhaupt das gesamte wirtschaftliche Leben in einem Zustande sich befindet, der von dem das Jahr über durchschnittlich herrschenden am meisten verschieden ist. Die Ergebnisse der 1875er Zählung sind durch den unglücklich gewählten Zeitpunkt der Aufnahme sicherlich beeinflufst worden und verlieren dadurch an Wert. 1882 fand die Zählung an einem geeigneteren Zeitpunkte, im Monat Juni statt, derselbe wurde auch 1895 wieder gewählt.

Aufserdem geschah 1882 die Zählung nach anderen Formularen mit wesentlich anderer Fragestellung, als 1875. Es wurden den einzelnen Personen zwei Fragebogen vorgelegt. Dieselben waren 1. der Berufszählbogen, 2. die Gewerbekarte. Im Berufszählbogen wurden für die in den Haushaltungen anwesenden und für die aus denselben vorübergehend abwesenden Personen Fragen über „Beruf, Stand, Erwerb, Gewerbe, Geschäft oder Nahrungszweig" vorgelegt. Soweit es sich

---

[1]) Vgl. Statistik des Deutschen Reiches Bd. XXXIV, Teil 1 S. (125) ff.
[2]) Vgl. darüber Statistik des Deutschen Reiches, neue Folge, Bd. 6. S. 1*.

um Betriebe handelte, die selbständig von einem einzelnen Gewerbetreibenden (also weder unter Zuziehung von Hilfspersonen noch unter
Beihilfe von Mitinhabern) ohne Benutzung eines durch Elementarkraft
bewegten Motors oder eines Dampfkessels ohne Kraftübertragung
ausgeübt wurden, behielt es bei den Nachweisen, die sich aus dem
Berufszählbogen gewinnen liefsen, sein Bewenden. Für alle übrigen
Betriebe dagegen gelangte aufserdem das zweite Erhebungsformular,
die Gewerbekarte, zur Anwendung, und zwar war eine solche von
allen selbständigen Gewerbetreibenden für jedes der von ihnen betriebenen Gewerbe auszufüllen. Dieses Verfahren der Aufnahme auf
Grund zweier verschiedener Fragebogen wurde auch 1895 angewendet,
nur waren hier die Fragen etwas eingehender und spezialisierter gestellt und die Fragebogen betitelten sich Haushaltungsliste und
Gewerbebogen. [1)

Dadurch, dafs die Zählung im Jahre 1875 zu einem vollständig
anderen Zeitpunkte, als auch nach anderen Grundsätzen, wie ihre Nach-
folgerinnen vorgenommen wurde, können ihre Ergebnisse mit denen
aus den Jahren 1882 und 1895 nur sehr schwer verglichen werden.
Jedenfalls kann man aus einem solchen Vergleich immer nur unvoll-
kommene Schlüsse ziehen, denn die erste Voraussetzung bei der
Gegenüberstellung statistischer Resultate ist immer, dafs die Zahlen
gleichartige sind, d. h. auf gleiche Weise unter gleichen Bedingungen
gewonnen wurden. Von den Zahlen der 1875er Aufnahme einerseits
und denen aus den Jahren 1882 und 1895 andrerseits kann man dies
nach den obigen Ausführungen nicht behaupten. Infolgedessen kann
man auch die ersteren mit den letzteren nur schwer in Beziehung
setzen. Mit Rücksicht darauf erschien es angemessen, in der nachfolgenden Darstellung die 1875er Zahlen nur in den rohsten und ein-
fachsten Ergebnissen heranzuziehen, dagegen alle detaillierteren
Resultate unberücksichtigt zu lassen. Als rohste und einfachste Ergebnisse konnten nur die Zahlen der Gewerbebetriebe innerhalb eines
Gewerbes, sowie die der darin beschäftigten Personen in Betracht
kommen, und nur diese Angaben sind im folgenden aus dem Jahre
1875 angeführt.

Ein vorzügliches zum Vergleich sehr wohl geeignetes Material
bieten dagegen die Ergebnisse aus den Jahren 1882 und 1895. Zwar

---

[1) Vgl. darüber Hauptergebnisse der gewerblichen Betriebszählung in den
Vierteljahrsheften zur Statistik des Deutschen Reiches, Jahrgang 1898, Ergänzung
zum 1. Heft, S. 1*.

sind auch hier noch kleine Unterschiede vorhanden, die sich namentlich in der Art der Betriebe, auf die sich die Erhebung zu erstrecken
hatte, bemerkbar machen.[1]) Indes sind diese Unterschiede von keinem
grofsen Belang und bedürfen nur der Berücksichtigung. Im übrigen
schliefst sich die 1895 er Zählung ihrer gesamten Anlage nach so eng
an die vom Jahre 1882 an, dafs eine Gegenüberstellung sehr wohl
möglich ist.

Die Resultate der Zählungen von 1882 und 1895 scheiden sich
nun in zwei Teile, von denen der eine die Berufsstatistik und der
andere die Betriebsstatistik darstellt. Die erstere giebt die Darstellung
der Personen nach ihrem Beruf, ohne zu berücksichtigen, ob sie
überhaupt in einem Betriebe ihres ursprünglichen Berufs Beschäftigung haben, die letztere dagegen weist die in einem Gewerbe
thatsächlich am Zählungstage betriebenen Gewerbebetriebe mit ihren
beschäftigten Personen ohne Rücksicht auf ihren eigentlichen Beruf
nach. Beide Teile sind getrennt veröffentlicht und besonders bearbeitet.[2])

Die Berufsstatistik teilt die ganze Bevölkerung in vier
Berufsabteilungen: 1. Erwerbsthätige, 2. Dienende, 3. Angehörige,
4. berufslose Selbständige. Für unser Thema interessiert uns nur
die Zahl der in einem Berufe Erwerbsthätigen. Dieselben werden
geschieden in a) Selbständige (auch leitende Beamte und sonstige

---

[1]) So waren 1882 von der Erhebung nur folgende Gewerbebetriebe ausgeschlossen: Land- und Forstwirtschaft, Jagd, Zucht landwirtschaftlicher Nutztiere,
ärztliches, geburtshilfliches Personal, Heil- und Krankenanstalten, Musik- und
Theatergewerbe, Schaustellungen aller Art, Gewerbebetrieb im Umherziehen, wissenschaftliche Unterrichts- und Erziehungsunternehmen, sowie Eisenbahnbetrieb.
1895 kommen dazu noch alle sonstigen öffentlichen Betriebe, die nicht gewerbs-
mäfsig betrieben wurden, so die Gemeindeanstalten für Strafsenreinigung und die
städtischen Abfuhranstalten, gemeindliche und Innungsschlachthäuser, Wasserwerke,
Wasserversorgungsanlagen der Gemeinden, gemeindliche Badeanstalten, öffentliche
Bauverwaltung (Unterhaltung — nicht Neubau — öffentlicher Bauten, z. B.
Chausseen, Kanäle, Häfen), öffentliche Baggereibetriebe, Buchdruckerei-, auch
Stein- und Metall-, sowie Farbendruckbetriebe, gemeindliche Viehöfe u. dergl.
[2]) Die Resultate aus dem Jahre 1882 sind enthalten a) die Berufsstatistik:
Statistik des Deutschen Reiches, neue Folge, Bd. 2—4. b) die Betriebsstatistik:
Statistik des Deutschen Reiches, neue Folge, Bd. 6—7. Die Resultate aus dem
Jahre 1895 sind enthalten a) die Berufsstatistik: Statistik des Deutschen Reiches,
neue Folge, Bd. 102—110. b) die Betriebsstatistik: Hier sind bisher nur die
Hauptergebnisse der gewerblichen Betriebszählung veröffentlicht. Dieselben sind
enthalten in dem 1. Ergänzungsheft zu den Vierteljahrsheften zur Statistik des
Deutschen Reiches, Jahrgang 1898.

Geschäftsleiter, Eigentümer, Inhaber, Besitzer, Mitinhaber oder Mit-
besitzer, Pächter, Erbpächter, Handwerksmeister, Unternehmer,
Direktoren, Administratoren), b) nicht leitende Beamte, überhaupt
das wissenschaftlich technisch oder käufmännisch gebildete Ver-
waltungs- und Aufsichtspersonal, sowie das Rechnungs- und Bureaupersonal, c) sonstige Gehilfen, Lehrlinge, Fabrik-, Lohn- und Tage-
arbeiter, einschliefslich der im Gewerbe thätigen Familienangehörigen
und Dienenden. Da wir über die unter b nachgewiesenen Erwerbsthätigen in der Betriebsstatistik besser unterrichtet werden, so sind
dieselben in der folgenden Darstellung bei den Zahlen der Berufsstatistik nicht besonders aufgeführt, sondern mit denen unter c unter
der Bezeichnung „Abhängige" zusammengefafst. Danach werden die
Zahlen der Erwerbsthätigen in der Regel in folgender Gestalt
angeführt:

Jahreszahl	Selbständige	Abhängige	Gesamtzahl der Erwerbsthätigen (Selbständige und Abhängige)	Auf 1 Selbständigen kommen Abhängige
1882				
1895				

Für die statistische Erfassung der Stellung des Handwerks sind
besonders von diesen Angaben die Bewegungen der Zahl der
Selbständigen von Bedeutung. Wenn z. B. in einem Gewerbe die
Selbständigen eine Abnahme zeigen, während die Abhängigen eine
starke Vermehrung erfahren haben, so kann man schliefsen, dafs sich
eine Konzentrationstendenz der Betriebe bemerkbar macht und dafs
die Stellung des Kleinbetriebs eine ungünstigere geworden ist. Indes
kann damit ein exaktes Resultat noch nicht gewonnen werden. Wenn
ein Gewerbe sich in besonderer Weise zur Grofsindustrie entwickelt,
so ist zwar im allgemeinen eine Erhöhung der Zahl der durchschnittlich auf einen Selbständigen entfallenden Abhängigen die Folge.
Aber die Grofsbetriebsbildung hat nicht immer eine absolute Abnahme der Selbständigen zur Folge. Es dauert immer sehr lange,
ehe der Handwerksmeister seine Stellung aufgibt. Er entläfst wohl
seine Gehilfen und diese gehen zu den Abhängigen des Grofsbetriebs
über, er selbst aber führt in der Regel noch eine Zeit lang seine

Selbständigkeit als Alleinmeister fort. Audrerseits braucht die Entwicklung der Grofsindustrie auch nicht immer in einer Vermehrung der Abhängigen zum Ausdruck zu kommen. Wenn z. B. Maschinen erfunden werden, die die Thätigkeit menschlicher Arbeitskräfte freimachen, so kann trotz absoluter Abnahme der Abhängigen eine Zunahme der Grofsindustrie erfolgt sein. Um ein Beispiel anzuführen, seien hier die Zahlen des Schuhmachergewerbes genannt. 1882 wurden 245 118 Selbständige und 184 204 Abhängige, 1895 235 328 Selbständige und 166 858 Abhängige gezählt; es kamen also auf einen Selbständigen 1882 0,75, 1805 0,71 Abhängige. Danach könnte man schliefsen, dafs der kleinbetriebliche Charakter des Schuhmachergewerbes immer noch zweifellos sei und sich von 1882 auf 1895 noch verstärkt habe. In Wahrheit haben indessen die verbesserten Maschinen mit ihrer allgemeineren Verbreitung die Thätigkeit vieler Schuhmachergesellen unnötig gemacht und diese suchen sich vor der Hand als Alleinmeister, Flickschuster u. dgl. durchzuschlagen. Man wird infolgedessen nach allem auf die Ergebnisse der Berufsstatistik positive Schlüsse über Veränderungen in der Stellung des Handwerks nicht gründen können. Hier kommen nun die Zahlen der Betriebsstatistik zu Hilfe.

Die Betriebsstatistik giebt zunächst über Zahl und Art der am Zählungstage innerhalb eines Gewerbes im Betriebe befindlichen Gewerbebetriebe, sowie über die Anzahl der in denselben beschäftigten Personen Aufschlufs. In der folgenden Darstellung sind diese Ergebnisse in der Regel in folgender Form angeführt:

Jahreszahl	Betriebe überhaupt	Darunter sind				Anzahl der in den Hauptbetrieben durchschnittlich beschäftigten Personen
		Hauptbetriebe	Nebenbetriebe	hausindustrielle Betr.		
				Hauptbetriebe	Nebenbetriebe	
1875						
1882						
1895						

Der Begriff eines Betriebes im Sinne der Gewerbestatistik deckt sich im allgemeinen mit dem üblicheren Ausdruck „Geschäft". Jedoch findet dieser Begriff nicht immer in gleicher Weise Anwendung und er pafst auch nicht völlig auf den statistischen Begriff. Erstens nämlich ist dabei zu berücksichtigen, dafs als Gewerbebetriebe auch

Unternehmungen allerkleinsten Umfanges in Frage kommen.[1]) Vor-
bedingung der Nachweisung einer gewerblichen Thätigkeit als eines
besonderen Betriebes ist nur, dafs dieselbe regelmäfsig und selbständig
ausgeübt werde, gleichviel, ob für eigene oder für fremde Rechnung
oder in der Behausung des Kunden für Lohn, gleichviel auch, welche
Stellung die gewerbthätige Person in der Haushaltung einnimmt. Es
sind somit z. B., wie in der Einleitung zu den Ergebnissen der Betriebszählung von 1882 gesagt wird, in einer Haushaltung, an deren
Spitze ein Fabrikarbeiter steht, und von deren übrigen Mitgliedern
die Ehefrau des Vorstandes in gewerbsmäfsiger Weise Wäscherei
und Näherei teils in der eigenen, teils in der Behausung ihrer
Kunden betreibt, der Sohn als Strumpfwirker und die Tochter als
Seidenweberin für ein fremdes Geschäft arbeiten, 3 selbständige Gewerbetreibende (Ehefrau, Sohn, Tochter) und 4 Betriebe vorhanden,
denn in beiden verschiedenartigen Erwerbsthätigkeiten der Frau
(Wäscherei und Näherei) gelten je als besonderer Betrieb.

Mit Rücksicht auf diese Begrenzung des Betriebsbegriffes wird
auch, in der Gewerbestatistik in den Fällen, wo verschiedenartige
Gewerbe zu einem einheitlichen Geschäft verbunden sind, jedes dieser
Gewerbe, sofern dieselben unter verschiedene Ordnungen der
systematischen Klassifikation fallen, als besonderer Betrieb behandelt.
Und ebenso werden gewerbliche Anlagen eines und desselben In-
habers, welche räumlich von einander getrennt liegen und jede für
sich bestehen, auch dann, wenn sie für das nämliche Gewerbe be-
stimmt sind, als einzelne Betriebe. also als das Hauptgeschäft und
die Filialgeschäfte, Zweigniederlassungen u. s. w. je besonders, gezählt.
Das ist von grofser Wichtigkeit und mufs bei der Beurteilung der
Zahlen ganz besonders berücksichtigt werden. Die Fälle, wo im gewerblichen Leben mehrere ganz verschiedene Gewerbe in einem
einzigen Gesamtbetriebe vereinigt sind, sind heute so zahlreich, dafs
man fast sagen kann, sie bilden in den gröfseren Unternehmungen
die Regel, die nur durch die Ausnahmen bestätigt wird. Ganz abgesehen davon, dafs eine jede gröfsere Fabrik meist ihre eigne Schlosser-,
Schmiede- und Tischlerwerkstatt, ihre eigne Maurerei, die gröfsere
Brauerei und Weinhandlung ihre eigne Böttcherei, das grofse Fuhr-
werksunternehmen seine eigne Sattlerei u. s. w. unterhält, um die
laufenden Arbeiten, Reparaturen u. dgl. ausführen zu lassen, kommt
es oft genug vor, dafs die Produktionsgebiete verschiedener Gewerbe

---

[1]) Vgl. Statistik des Deutschen Reichs. neue Folge, Bd. 6 S. 23*.

in einem einzigen Unternehmen zusammengefaßt sind. Man denke nur an die Textilindustrie, wo bei den Tuchfabriken einige Weberei, Spinnerei, Appretur und Färberei, andere Weberei, Spinnerei und Appretur, dritte nur Weberei und Appretur vereinigen, oder an die Holzindustrie, wo in einigen Betrieben Sägewerk, Fourniermesserei und Möbelfabrik oder Sägewerk und Bautischlerei vertreten sind und wo wiederum in der Möbelfabrik Tischlerei, Drechslerei, Holzbild-hauerei, Vergolderei, Malerei, Tapeziererei u. s. w. sich zusammen finden.

Gegen das Verfahren der Gewerbestatistik, alle Betriebe in ihre Einzelbestandteile zu zerlegen ist nichts einzuwenden, denn nur so ist eine Vergleichbarkeit der Zahlen der unterschiedenen Gewerbgruppen bezw. -Ordnungen und die Herstellung eines zutreffenden Bildes von der geographischen Verteilung der Gewerbebetriebe möglich. Aber durch die Zerlegung wird das Bild, das man von den größeren Betrieben erhält, nur ein unvollkommenes. Gerade in der Zusammenfassung der verschiedenen Produktionsgebiete beruht heute die Überlegenheit der meisten oder wenigstens sehr vieler Großbetriebe und man könnte sich einen vollständigen Begriff von der Überlegenheit derselben nur machen, wenn man auch durch die Gewerbestatistik über den Umfang der verschiedenen Kombinationen unterrichtet würde. Dies aber unterläßt die Statistik, und das ist ein Mangel, der gerade bei einer derartigen Untersuchung, wie die vorliegende, sich empfindlich bemerkbar macht. Er muß in der Beurteilung der Zahlen eine weitgehende Berücksichtigung erfahren, besonders da er auch auf die Zahlen der kleineren Betriebe mit einwirkt. Die Schlosserwerkstatt einer Fabrik, die im ganzen etwa 200 Personen, davon aber als Reparaturschlosser nur etwa 3 beschäftigt, fungiert z. B. als selbständiger Schlossereibetrieb mit 2—5 Personen. Es ist aber klar, daß er etwas ganz anderes bedeutet, als ein von einem selbständigen Handwerksmeister betriebenes unabhängiges Unternehmen. Man muß sich jedoch mit diesem Mangel behelfen und muß in jedem einzelnen Falle versuchen, das verwischte Bild in irgend einer Weise zu retouchieren.

Die Gewerbebetriebe werden unterschieden in Haupt- und Nebenbetriebe. Als Hauptbetriebe sind solche angesehen,[1] innerhalb deren Betriebsstätten eine oder mehrere Personen mit ihrer alleinigen oder

---

[1] Vgl. darüber Vierteljahrshefte zur Statistik des Deutschen Reichs, Jahrgang 1898, 1. Ergänzungsheft S. 2*.

Hauptbeschäftigung thätig sind, als Nebenbetriebe solche, in denen sowohl die Inhaber wie die sonst Beschäftigten neben einem anderen Hauptberufe das Gewerbe nur als Nebenberuf ausüben. Der letztere Fall tritt vor allem bei alleinarbeitenden selbständigen Gewerbetreibenden ein, die mehrere Berufe ausüben; er kommt aber auch bei solchen Gewerbebetrieben vor, die mehrere Inhaber haben oder Gehilfen, Gesinde, sonstige Arbeiter oder Familienangehörige beschäftigen, weil eben auch von den Mitinhabern und Hilfspersonen manche in verschiedenen Berufen thätig sind. Da in der Gewerbestatistik von den gewerblich thätigen Personen jede nur einmal gezählt wird und zwar, wenn sie gelegentlich noch anderweit nebensächlich sich bethätigt, bei demjenigen Gewerbe zur Nachweisung gelangt, dessen Ausübung ihre hauptsächlichste oder alleinige Beschäftigung ausmacht, so erscheinen die Nebenbetriebe in der Gewerbestatistik als Betriebe ohne Personen. Infolgedessen sind die in der Betriebsstatistik nachgewiesenen Personen immer nur die in den Hauptbetrieben thätigen. Es werden in den Ergebnissen über dieselben immer zwei verschiedene Angaben gemacht, die einen beziehen sich auf die am Zahlungstage beschäftigten Personen, die anderen auf die das ganze Jahr über durchschnittlich thätigen. Für die Zwecke dieser Darstellung konnten nur die letzteren in Betracht kommen und nur sie sind gemeint, wenn die Zahlen der beschäftigten Personen im folgenden angeführt sind.

Die in der obigen Form gegebenen Zahlen über Zahl und Art der am Zählungstage innerhalb eines Gewerbes im Betriebe befindlichen Gewerbebetriebe, sowie über die Anzahl der in den Hauptbetrieben durchschnittlich beschäftigten Personen gestatten in der Regel einen Überblick über die Verhältnisse des betreffenden Gewerbes. Haben sich die beschäftigten Personen in stärkerem Verhältnis als die Hauptbetriebe vermehrt, so kann man im allgemeinen schließen, dafs eine Betriebskoncentration stattgefunden hat. Doch sind auch hier dieselben Einschränkungen, wie bei den Ergebnissen der Berufsstatistik zu machen. Von Wichtigkeit sind noch die Angaben über die hausindustriellen Betriebe. Dieselben interessieren besonders bei den Gewerben, in denen der Grofsbetrieb in decentralisierten Formen betrieben wird oder in denen die magazinhörigen Handwerker eine Rolle spielen.

Das Personal teilt die Betriebsstatistik nach seiner Stellung im Betriebe der Hauptbetriebe ein a) in Alleinbetrieben (ohne Gehilfen und Motoren) allein arbeitende Selbständige. b) in Mitinhaber-. Ge

hilfen- und Motorenbetrieben thätige Personen: α) Inhaber und sonstige
Geschäftsleiter, β) Verwaltungs-, Kontor-, Bureau- und technisches Aufsichtspersonal, γ) sonstige Gehilfen und Arbeiter. Die 1895 er Statistik
scheidet unter β noch 1. Verwaltungs-, Kontor- und Bureaupersonal,
2. technisches Aufsichtspersonal; unter γ noch 1. andre Gehilfen und
Arbeiter, 2. mitarbeitende Familienangehörige. Da aber diese letzteren
Trennungen für unsere Zwecke unerheblich waren und auch in der 1882 er
Zählung nicht durchgeführt sind, ein Vergleich also nicht möglich
war, so sind sie auch in den im folgenden gemachten Angaben nicht
berücksichtigt. Diese letzteren finden sich in der Regel in folgender Form:

Jahreszahl	In Alleinbetrieben (ohne Motoren und Gehilfen) allein arbeitende Selbständige	In Mitinhaber-, Gehilfen- und Motorbetrieben		
		Inhaber und sonstige Geschäftsleiter	Verwaltungs-, Kontor-, Bureau- u. technisches Aufsichtspersonal	Sonstige Gehilfen und Arbeiter
1882				
1895				

Zu beachten ist in der Tabelle das Verwaltungs-, Kontor-,
Bureau- und technische Aufsichtspersonal. Dasselbe kommt fast aus-
schliefslich nur bei den über den Umfang des Handwerks hinaus-
gehenden Betrieben vor. Hat es nun in stärkerem Verhältnis als die
Inhaber und die sonstigen Gehilfen und Arbeiter in einem Gewerbe
zugenommen, so kann man mit Sicherheit auf die Fortschritte des
Grofsbetriebs schliefsen und einen Rückgang der handwerksmäfsigen
Betriebe annehmen.

Den für unsre Zwecke wertvollsten Aufschlufs enthält die Betriebsstatistik in ihren Angaben über den Umfang der Hauptbetriebe.
Diese sind im folgenden in der Regel in nachfolgender Form angeführt:

Es waren Hauptbetriebe mit durchschnittlich beschäftigten Personen
(einschliefslich der Geschäftsleiter).

Jahreszahl	Betriebe mit 1 Person	Betriebe mit 2—5 Personen	Betriebe mit 6—10 Personen		Betriebe mit 11—50 Personen	
			Betriebe	darin besch. Personen	Betriebe	darin besch. Personen
1882						
1895						

Jahreszahl	Betriebe mit 51—200 Personen		Betriebe mit 201—1000 Personen		Betriebe mit 1000 und mehr Personen	
	Betriebe	darin besch. Personen	Betriebe	darin besch. Personen	Betriebe	darin besch. Personen
1882						
1895						

Aus diesen Angaben lassen sich in jedem Gewerbe die verschiedenen Betriebsgröfsen klar ersehen. Hier handelt es sich nun um die Frage, welche Betriebe sind die handwerksmäfsigen und welche die über den Umfang des Handwerks hinausgehenden. Zu berücksichtigen ist bei der Entscheidung zunächst, dafs auch die hausindustriellen Hauptbetriebe hier mit nachgewiesen sind. Das ist jedoch nicht von Erheblichkeit. Etwas mehr fällt schon der oben erwähnte Mangel der Betriebsstatistik bezüglich der Zerlegung der einzelnen Betriebe in ihre Bestandteile ins Gewicht. So ist z. B. die Tapeziererei der Möbelfabrik, wenn diese 10 Tapezierer unter ihrem Personal beschäftigt, bei dem Tapezierergewerbe unter den Betrieben mit 6—10 Personen nachgewiesen, die Drechslerei derselben Fabrik, wenn in ihr 4 Drechsler beschäftigt werden, beim Drechslergewerbe unter den Betrieben mit 2—5 Personen, und die Fabrik selbst, wenn sie etwa 100 Personen sonst noch beschäftigt, beim Tischlergewerbe unter den Betrieben mit 51—200 Personen. Auf diese Weise erscheinen die kleinen Teile der kombinierten Grofsbetriebe bei den einzelnen Gewerben als Kleinbetriebe. Andrerseits ist der Umfang der Grofsbetriebe in Wirklichkeit noch gröfser, als es in der Statistik zum Ausdruck kommt. Mit diesem Mangel mufs bei der Beurteilung der Zahlen gerechnet werden.

Abgesehen davon ist nun die obige Frage, unter welchen Betriebsgröfsen die handwerksmäfsigen Betriebe zu finden sind, an und für sich schwer genug zu beantworten. Bekanntlich fehlt es an einer allgemein gültigen Definition des Begriffes des Handwerks und am allerwenigsten läfst sich allein nach der Zahl der beschäftigten Personen bei einem Betriebe entscheiden, ob er zum Handwerk oder zum fabrikmäfsigen Betrieb gerechnet werden mufs. Wenn man die in obiger Gestalt gegebenen Resultate der Statistik in den einzelnen Gewerben näher betrachtet, wird man finden, dafs fast ausnahmslos

überall alle Betriebsgröfsen vertreten sind. Es giebt in den für das
Handwerk in Betracht kommenden Gewerben kein einziges, bei dem
nur kleine Betriebe mit bis zu 5 Personen und grofse mit mehr als
10 Personen vorkämen. Überall bilden die Betriebsgröfsen gleichsam
eine fast regelmäfsig gebaute Leiter, in der die Sprossen in mehr oder
weniger gleichen Abständen eingesetzt sind und in der keine Sprosse fehlt.
Nur insofern zeigt sich ein Unterschied, als bei den einen Gewerben
die Sprossen beim Kleinbetriebe ganz dünn sind und stärker werden,
je höher man zu den gröfseren Betrieben emporsteigt, und bei den
anderen Gewerben umgekehrt die Sprossen bei den Betrieben mit vielen
Personen nur schwach sind und kräftiger werden, je tiefer man die
Leiter zu den Betrieben mit wenig Personen hinabsteigt. Die ganze
Leiter aber in zwei Teile zu zerschneiden, von denen der eine nur die
ganz starken und der andre die schwachen Sprossen enthält, ist un-
möglich, da die Sprossen an Stärke meist gleichmäfsig zunehmen und
man fast nie entscheiden kann, welche Sprossen noch schwache und
welche bereits starke sind.

Indes hat die ganze Frage, unter welchen Betriebsgröfsen man
immer die handwerksmäfsigen zu finden hat, gar nicht eine solche
Bedeutung, dafs man ohne ihre Entscheidung nicht auskommen könnte.
Für unsere Zwecke handelt es sich vornehmlich darum, aus den Zahlen
erkennen zu können, ob in einem Gewerbe die Tendenz zur Grofsbetriebsbildung auf Kosten der kleineren Betriebe zum Ausdruck
kommt, oder nicht. Dies aber läfst sich fast immer bestimmen, ohne
dafs man eine scharfe Scheidung in Grofs- und Kleinbetrieb vorzunehmen braucht. Haben die Betriebe mit mehr als 10 Personen stark
zugenommen, die mit 1—5 Personen aber abgenommen oder sich nur
schwach vermehrt, so ist die Entwicklungstendenz zur Grofsbetriebsbildung klar erkennbar, und umgekehrt, zeigen die Betriebe mit
1—5 Personen eine normale Zunahme und keine Abnahme, die mit
mehr als 10 Personen dagegen einen Stillstand oder überhaupt kein
Vorhandensein, so weifs man, dafs die Tendenz der Erhaltung der
Kleinbetriebe vorherrschend ist. Die Zahlen der Mittelbetriebe mit
6—10 Personen kann man dann auf sich beruhen lassen, denn was
sie noch besagen können, ist meist unerheblich. Indes läfst sich eine
allgemein gültige Norm wohl überhaupt nicht aufstellen. Man thut
am besten, wenn man den besonderen Charakter des Gewerbes und
alle Umstände, die sich aus der wirtschaftlichen Stellung desselben
ergeben, berücksichtigt und danach in jedem einzelnen Falle aus den
Zahlen Schlüsse zieht.

Von grofser Wichtigkeit für die Stellung des Handwerks in einem Gewerbe ist auch der Umfang, in dem die Verwendung motorischer Betriebskrätte stattfindet. Ist dieselbe im Zunehmen begriffen, so kann man daraus schliefsen, dafs das Gewerbe einen grofsindustriellen Charakter angenommen hat oder anzunehmen droht. Leider war es jedoch nicht möglich, die Ergebnisse der Zählung von 1895 über die Motorenbenutzung in der nachfolgenden Darstellung zu berücksichtigen. Die Zahlen, die darüber bis jetzt veröffentlicht worden sind, beziehen sich nur auf die Gewerbeabteilungen und Gewerbegruppen, nicht aber auf die einzelnen Gewerbearten,[1]) so dafs wir z. B. über die Motoren im Bekleidungs- und Reinigungsgewerbe im ganzen, nicht aber speziell über die Motorenbenutzung in der Schuhmacherei, Schneiderei, Hutmacherei u. s. w. unterrichtet werden.

Die Zahlen der Motorenbenutzung aus dem Jahre 1882 konnten uns nur wenig belangreiche Aufschlüsse für unser Thema geben, da die Gewerbestatistik vom Jahre 1882 sich darauf beschränkte festzustellen, ob in den Hauptbetrieben elementare Kraft zur Verwendung kam, und bejahenden Falles, welcher Art die elementare Kraft war. Eine Kenntnis lediglich der Zahl der Betriebe, in denen Motoren vorhanden sind, kann jedoch noch nicht allzuviel nützen, denn es giebt auch eine grofse Anzahl von Kleinbetrieben, die mechanische Betriebskräfte verwenden. Wenn z. B. angegeben ist, dafs in der Drechslerei 1882 von 19 882 Hauptbetrieben 833 Motorenbetriebe sind und dafs davon 143 ohne Gehilfen, 444 mit 1—5 Gehilfen und 246 mit mehr als 5 Gehilfen sind, so könnte man daraus den Schlufs ziehen, dafs der Kleinbetrieb sich die Motoren in noch höherer oder wenigstens in derselben Weise, wie der Grofsbetrieb zugänglich gemacht hat. Das Bild würde sich aber wesentlich anders gestalten, wenn wir über die Stärke der Motoren in den einzelnen Betriebsgruppen unterrichtet würden, denn der Betrieb, der einen Motor von 40 Pferdestärken beschäftigt, bedeutet etwas ganz andres, als der, der nur einen solchen von 1 Pferdestärke besitzt. Auch die Angaben über die Art der Motoren (ob stehendes Triebwerk, bewegt durch Wind, Wasser, Dampf, Gas oder Heifsluft oder ob Dampfkessel oder Lokomobilen verwendet wurden), sind nicht von solcher Bedeutung, denn man kann aus ihnen nicht auf die Stärke der Motoren schliefsen.

Hervorzuheben ist noch, dafs die in der folgenden Darstellung gegebenen Zahlen der Zählung vom Jahre 1895 den Veröffentlich-

---

[1]) Vgl. Hauptergebnisse der gewerblichen Betriebszählung a. a. O. S. 35*.

ungen des Kaiserlichen statistischen Amtes über die Hauptergebnisse der Zählung entnommen sind, die mit dem Vorbehalte, dafs sich im Laufe der weiteren Bearbeitung des Materials noch einige, wahrscheinlich unerhebliche Abänderungen herausstellen können, in den Vierteljahrsheften zur Statistik des Deutschen Reichs [1]) mitgeteilt worden sind. Auf die definitiven Ergebnisse konnte deshalb nicht zurückgegriffen werden, weil die der Berufsstatistik erst seit kurzer Zeit und die der Betriebsstatistik überhaupt noch nicht veröffentlicht sind.

[1]) Die Berufsstatistik im Jahrgang 1896, Ergänzungsheft zum 3. Heft, die Betriebsstatistik im Jahrgang 1898, Ergänzung zum 1. Heft.

Die Stellung des Handwerks in den einzelnen Gewerben. [1]

—

1. Seiler.

Die Seilerei beschäftigt sich mit der Herstellung von Schnüren und Stricken aus pflanzlichen Faserstoffen. Sie ist ein altes Gewerbe, das wir bereits bei den alten Ägyptern zwar mit primitiver handwerksmäfsiger Technik, aber mit grofser Geschicklichkeit ausgeübt finden, [2] das jedoch lange im Hausfleifs getrieben zu sein scheint, da die Seiler im allgemeinen erst spät zur zünftigen Organisation gekommen sind. [3] In den Küstenstädten wurde besonders viel Tauwerk für die Schiffe verbraucht; deshalb giebt es hier schon früh eine Spezialisation der Seiler, nämlich die, die sich nur mit der Anfertigung von Tauwerk beschäftigt, die sogenannte Reeperei oder Reepschlägerei. Die Seiler im Binnenlande, die „ordinären Land-

---

[1] Die Reihenfolge der einzelnen Gewerbe in der nachfolgenden Darstellung ist willkürlich angeordnet. Es war zunächst beabsichtigt, die Gewerbe in folgende drei Teile zu teilen: 1. Gewerbe, in denen das Handwerk als Betriebsform als nicht mehr lebensfähig bezeichnet werden mufs. 2. Gewerbe, in dem das Handwerk nur noch in einem Teile des Produktionsgebietes lebensfähig erscheint. 3. Gewerbe, in denen die Lebensfähigkeit des Handwerks unbestritten ist. Während der Abfassung der Arbeit ergab sich jedoch, dafs eine derartige Scheidung der einzelnen Gewerbe nicht scharf durchgeführt werden kann. Infolgedessen wurde die geplante Einteilung fallen gelassen und die Gewerbe willkürlich angeordnet.

[2] Vgl. Rehlen, Dr. C. G., Geschichte der Handwerke und Gewerbe, Leipzig 1856, S. 245.

[3] Hofmann, Seilerei in Leipzig VI, 2.

seiler", wie sie Bergius[1]) nennt, beschäftigten sich mit der Herstellung der übrigen Seilerware, die nicht Tauwerk war. Die Produkte des Seilers waren in früherer Zeit viel begehrt, viel mehr, als in der Gegenwart. Sie waren sehr mannigfaltiger Art und setzten sich zusammen aus gedrehten Stricken, Bindfaden, Seilen. Schnüren, Strängen, weiter aus gewebten Waren, wie den gröberen Sorten von Gurten und den aus Gurt gefertigten Artikeln, z. B. Halftern. Korbbändern und schliefslich noch geflochtenen oder gestrickten Netzen, Kobern, Futterschwingern u. dgl. Dazu hatte der zünftige Seiler das Privileg des Handels mit Pflugrädern, Winden, Schippen, Hacken. Eggen, hölzernen Tragen, Peitschenstäben. Pech, Öl, Fischthran und Wagenschmiere.

Der Bedarf nach Seilerwaren heute ist im Verhältnis zur Vergangenheit ein nur geringer, da in einer Reihe von Fällen Seilerwaren durch neue Stoffe und Produkte, die dem Bedarf besser und billiger genügen, ersetzt sind. Im landwirtschaftlichen Betriebe werden heute vorzugsweise Ketten verwendet, wo früher ganz allgemein Stricke gebraucht wurden. Im gewerblichen Betriebe ist das Hanfseil meist durch das Drahtseil[2]) ersetzt worden, da dieses billiger und haltbarer ist. Der Seilermeister könnte ja auch Drahtseile herstellen, aber zu den stärkeren ist Motorkraft nötig, so dafs dieselben von vornherein aus dem Produktionsgebiet der meisten Handwerker ausscheiden müssen. Der Kleinhandel mit den Artikeln, dessen Privileg der Seilermeister früher besafs, kann heute nicht mehr als integrierender Bestandteil des Seilerhandwerks betrachtet werden, weil nach eingeführter Gewerbefreiheit jeder handeln kann, womit er will.

Der Produktion der Seilerware, nach der noch heute ein Bedarf vorhanden ist, hat sich nun im Laufe der gewerblichen Entwicklung dieses Jahrhunderts eine bedeutende Grofsindustrie bemächtigt, die unter weit günstigeren Verhältnissen als das Handwerk produziert, und die mit ihren Produkten einen ausgedehnten Handel treibt. Diesem Handel stehen ja keine grofsen Schwierigkeiten entgegen, denn die gedrehten Stricke und alle übrigen Waren brauchen nur ganz

---

[1]) Bergius, Neues Polizei- und Kameralmagazin, Bd. V, S. 259.
[2]) Drahtseile stellte zuerst im Jahre 1833 Oberbergrat Albert in Klausthal zur Förderung der Erze her (vgl. dazu Rehlen, Geschichte der Handwerke und Gewerbe. Leipzig 1856, S. 247).

selten mit Rücksicht auf individuelle Bedürfnisse produziert werden.
Sie sind Massenartikel, die in gleicher Qualität von vielen konsumiert
werden und deren Transport und Versendung leicht bewerkstelligt
werden kann.

Die der Seilerindustrie günstigen Verhältnisse sind besonders die
technischen. Der handwerksmäfsige Seilerbetrieb hat seit der ältesten
Zeit keine nennenswerte Änderung der Technik erfahren. Nur
gegen Ende der 60er Jahre trat an die Stelle des alten Seilerrades
die Bergsche Spinnmaschine, die den Vorteil bietet, dafs sie vom
Seiler selbst in Bewegung gesetzt wird, während zum Drehen des
Seilerrades immer noch eine Person nötig war. Dies ist jedoch
die einzige Änderung, die in der Technik des Seilerhandwerks ein-
getreten ist.

Dem gegenüber arbeitet die Seilerwarenfabrik mit einer Technik,
die ganz auf dem Boden der neuen Errungenschaften unseres Jahrhunderts steht. In England hatte man schon früh gegen Ende des
vorigen Jahrhunderts Seilmaschinen. In Deutschland verschafften
diese sich erst verhältnismäfsig spät Eingang. Ende der 40er Jahre entstand die erste Fabrik, der nach und nach andere folgten. Die
Konkurrenz machte sich anfangs gar nicht so geltend, weil die Entwicklung unserer gesamten Volkswirtschaft auch den Bedarf nach
Seilerwaren steigerte. Nachdem jedoch so viele Fabriken entstanden
waren, dafs durch sie der gröfste Teil des Bedarfs gedeckt werden
konnte und die Grofsindustrie ein Produkt nach dem anderen an sich
gerissen hatte, da mufste diese gewaltige Konkurrenz ihre Wirkungen
fühlen lassen.

Die Maschinen, die die Grofsindustrie verwendet und die nach
Art der Spinnmaschinen in der Textilindustrie eingerichtet sind,
arbeiten mit einer Schnelligkeit und Sauberkeit, wie sie bei dem
Handwerker gar nicht möglich ist. Dazu kann bei denselben auch
der Rohstoff viel mehr ausgenutzt werden, da auch die Abfälle mit
verarbeitet werden. Ferner ist die Maschinenarbeit viel leichter fähig,
die neuen derberen Rohstoffe Manila-, Aloë- und Sisalhanf zu verarbeiten. Namentlich der Aloë- und Sisalhanf eignen sich besonders
zu derberen Material, aber sie lassen sich wegen ihrer Zähigkeit und
geringen Biegsamkeit von der Hand nicht so leicht verarbeiten, wie
von der Maschine. Diese neu entstandenen Seilerfabriken haben
ihren Sitz vornehmlich im westlichen und südlichen Deutschland. Ein
bedeutendes Unternehmen in Köln weist allein in Hanfseilen und
Bindfaden eine Jahresproduktion von 4 Millionen kg auf. Auch

im Königreich Sachsen, in Mannheim, Bremen u. s. w. giebt es zahlreiche Seilerwarenfabriken.

Wie sehr diese Fabriken dem Kleinbetrieb gegenüber überlegen sind, geht aus einigen Preisen hervor, die allerdings wohl nur für Leipzig gültig sind, aber doch ungefähr eine Vorstellung geben.[1]) Das Kilogramm kostet danach:

Zweidraht Nr. 6	160—170 Pfg.	in der Fabrik
	300 „	im Handwerk
Vierdraht Nr. 6	150—160 „	in der Fabrik
	200 „	im Handwerk
Dreidraht Nr. 6¹/₂	142—152 „	in der Fabrik
	180 „	im Handwerk.

Die Vorteile der Grofsindustrie beruhen einmal, wie schon erwähnt, auf der enormen Fähigkeit der Maschinen, und dann auf den allgemeinen Vorzügen, die der maschinelle Betrieb auch sonst vor dem Kleinbetriebe hat; er kann in viel gröfserem Umfange ungelerntes Personal beschäftigen, da die Maschine eine gröfsere Handfertigkeit des Arbeiters nur teilweise noch erfordert. Diese ungelernten Arbeitskräfte sind naturgemäfs viel billiger als die gelernten, die der Handwerker beschäftigt. Dann kann durch direkten kaufmännischen Bezug des Rohstoffes und kaufmännischen Vertrieb der fertigen Produkte viel gespart werden, was der Handwerker an den Zwischenhandel abzugeben hat.

Wenn man alle diese Vorteile des maschinellen Grofsbetriebes erwägt, kann man sich kaum der Ueberzeugung verschliefsen, dafs die Stellung des Handwerks in der Seilerei immer schwieriger wird und dafs die Konkurrenzmöglichkeit der kleineren Betriebe gegenüber den gröfseren mit der Zeit immer mehr ausgeschlossen erscheint. Auch der Umstand, dafs die Seilerei so gut wie gar keine Reparaturen kennt, ist besonders ausschlaggebend für die minimale Lebensfähigkeit des Seilerhandwerks.

Nach Schmoller[2]) zählte man in Preufsen Seilermeister:

1834	3413	mit	1845	Gehilfen
1843	3841	„	2461	„
1861	3951	„	3457	„

---

[1]) Hofmann a. a. O. VI, S. 200.
[2]) Schmoller, Zur Geschichte der deutschen Kleingewerbe, S. 491.

Es kamen demnach auf 1 Meister Gehilfen:

1834: 0,54
1843: 0,64
1861: 0,87

Im Deutschen Reich waren dem Berufe nach:

Jahreszahl	Selbständige	Abhängige	Selbständige und Abhängige zusammen	Auf 1 Selbständigen kommen Abhängige
		Seilerei, Reepschlägerei,		
1882	9 076	9 570	18 646	1,1
1895	6 220	9 237	15 457	1,5

Die Statistik der Gewerbebetriebe mit ihrem Personal zeigt von 1875—1895 folgendes Bild:

1. Zahl und Art der Betriebe, sowie der beschäftigten Personen.

Jahreszahl	Zahl der Betriebe überhaupt	Darunter sind				Zahl der in den Hauptbetrieben beschäftigten Personen
		Hauptbetriebe	Nebenbetriebe	hausindustr. Betr.		
				Hauptbetriebe	Nebenbetriebe	
		Seilerei und Reepschlägerei				
1875	9 691	9 384	307	—		16 336
1882	9 204	8 371	833	51	10	16 405
1895	7 131	6 352	779	183	24	17 464

2. Das Personal aller Hauptbetriebe nach der Stellung im Betriebe.

Es waren durchschnittlich innerhalb der Betriebsstätten der Hauptbetriebe beschäftigt:

| Jahreszahl | In Alleinbetrieben (ohne Motoren und Gehilfen und Mitinhaber) arbeitende Selbständige | In Mitinhaber-, Gehilfen- und Motorenbetrieben | | |
		Inhaber und sonst. Geschäftsleiter	Verwaltungs-, Kontor-, Bureau und techn. Aufsichtspersonal	Sonstige Gehilfen und Arbeiter
		Seilerei und Reepschlägerei		
1882	4 938	3 350	139	7 978
1885	3 677	2 533	432	10 822

3. Umfang der Hauptbetriebe.

Es waren Betriebe mit beschäftigten Personen (einschliefslich der Geschäftsleiter).

| Jahreszahl | mit 1 Person | mit 2—5 Personen | mit 6—10 Personen | | mit 11—50 Personen | |
			Betriebe	darin besch. Personen	Betriebe	darin besch. Personen
1882	4 973	3 234	86	610	70	1 384
1895	3 819	2 350	105	774	62	1 361

| Jahreszahl | mit 51—200 Personen | | mit 201—1000 Personen | | mit mehr als 1000 Personen | |
	Betriebe	darin besch. Personen	Betriebe	darin besch. Personen	Betriebe	darin besch. Personen
1882	6	624	2	1 177	—	—
1895	9	956	6	3 589	1	1 116

. Aus den Zahlen geht zunächst die verringerte wirtschaftliche Bedeutung der Seilerei hervor. Von 1882 bis 1895 haben sich die in den Hauptbetrieben beschäftigten Personen nur um 6,4 % vermehrt, während zu gleicher Zeit die Bevölkerung eine Vermehrung von 14,5 %, aufwies. Ferner ist die Tendenz zur Betriebskoncentration deutlich bemerkbar. Man kann vielleicht die Zahlen der Meister und Gehilfen in Preußen mit den Zahlen der Selbständigen und Abhängigen in Deutschland in Beziehung setzen. Dann entsteht folgende Reihe: Auf 1 Selbständigen (bezw. Meister) kommen Abhängige (bezw. Gehilfen):

1834:	0,54
1843:	0,64
1861:	0,87
1882:	1,1
1895:	1,6

Dasselbe besagt die Betriebsstatistik. Auf 1 Hauptbetrieb kommen beschäftigte Personen:

1875:	1,7
1882:	1,9
1895:	2,7

Auf die Fortschritte des Großbetriebes deutet die kolossale Zunahme des Verwaltungs-, Kontor-, Bureau- und technischen Aufsichtspersonals, die von 1882 bis 1895 210 % betrug. Wie die Kleinbetriebe im Rückgange sich befinden, zeigen die Zahlen der Betriebe mit 1 und 2—5 Personen, die beide von 1882—1895 eine absolute Abnahme aufweisen. Eine geringe Zunahme ist bei den Betrieben mit 6—10 Personen zu verzeichnen, eine Abnahme merkwürdigerweise bei den mit 11—50 Personen. Große Fortschritte haben dagegen die Betriebe mit 51 und mehr Personen gemacht.

Es ist eigentlich zu verwundern, daß 1895 immer noch eine verhältnismäßig große Anzahl von Betrieben mit 1 und 2—5 Personen vorhanden war. Daß dieselben nur ein ganz kümmerliches Auskommen fristen können, unterliegt keinem Zweifel. Jedenfalls sind auch unter ihnen noch eine ganze Reihe, die sich nur noch, weil der Inhaber das Seilerhandwerk gelernt, als Seilerbetriebe bezeichnen. In Wirklichkeit werden sie ihr Gewerbe nur noch gelegentlich ausüben und sich in der Hauptsache auf den Handel mit Pflugrädern, Winden, Schippen, Hacken, Eggen, hölzernen Tragen, Peitschen, Pech, Öl, Fischthran und Wagenschmiere, auch Kolonialwaren, sowie mit fertigen Seilerwaren beschränken.

2. Gerber.

Die Gerberei hat den Zweck, aus den Häuten von Tieren aller Art durch das Gerbverfahren das Leder herzustellen. Man unterscheidet zwischen Loh- oder Rot-, Alaun- oder Weifs-, Öl- oder Sämisch- und endlich Kreide- oder Pergamentgerberei. Die drei letzten Arten fabrizieren das feinere Leder, während die Loh- oder Rotgerberei besonders das derbe Leder herstellt, das zu Schuhen und anderen Lederwaren, an deren Dauerhaftigkeit grofse Anforderungen gestellt werden, verarbeitet wird. Die Lohgerberei hat deshalb die bei weitem gröfste Bedeutung von allen Arten der Gerberei, und nur auf sie beziehen sich die nachfolgenden Ausführungen.

Das Verfahren, aus Tierfellen Leder herzustellen, ist sehr alt und war schon bei den Griechen und Römern bekannt.[1] Als selbständiges Gewerbe finden wir jedoch die Gerberei verhältnismäfsig spät. Vielmehr stellten im Mittelalter, namentlich in der ersten Hälfte desselben, die Gewerbe, die das Leder verarbeiteten, dasselbe zumeist auch selbst her. So waren der Schuhmacher und der Sattler zugleich auch ihre eignen Gerber, und in Gegenden mit geringer gewerblicher Entwicklung fand man hie und da noch in der ersten Hälfte unseres Jahrhunderts Spuren dieses Zustandes.[2]

Die Gerberei als selbständiges Gewerbe war zur Zunftzeit, wie fast alle Gewerbe, ein rein lokales Gewerbe. Der Schuhmacher ersteht die Tierhaut vom Fleischer und bringt sie zum Gerber, der ihm dieselbe als fertiges Leder zurückbringt, oder der Gerber kauft selbst gelegentlich Häute auf und vertreibt das daraus gemachte Leder im Kleinhandel. Dieser Zustand war so lange möglich, als der Gerber die Häute auf dem lokalen Markte erstehen konnte und eben diese Häute den Bedarf deckten. Man kann behaupten, dafs dies im allgemeinen früher der Fall gewesen ist, weil der Verbrauch des Leders nicht in solchem Umfange stattfand, wie in der Gegenwart. Erst unser Jahrhundert brachte uns eine ungeheure Steigerung des Lederbedarfs. Das lederne Schuhwerk wird jetzt allgemeiner getragen, und die Maschinen gebrauchen eine grofse Masse Leder zu Treibriemen. Allerdings hat man für gewisse einzelne Bedürfnisse auch einen Ersatz

---

[1] Vgl. Rehlen a. a. O. S. 133.

[2] Vgl. Aebert, Schuhmacherei in Loitz, I, S. 38; Junghaus, Gerberei in Leipzig, Grimma, Oschatz und Nossen, V, S. 312; Johann Plenge, Die Leipziger Sattlerei, V, S. 484.

für das Leder im Guttapercha und Kautschuk gefunden (z. B. werden heute Ballons, Tabaksbeutel, Luftkissen, eine grofse Anzahl von Sattlerarbeiten, Strumpfbänder, Gürtel, Hosenträger, auch Sandalen, Schuhsohlen u. s. w. vielfach aus Kautschuk und Guttapercha hergestellt, während früher dieselben oder ähnliche Gegenstände lediglich aus Leder verfertigt wurden). Trotzdem ist verhältnismäfsig der Verbrauch an Leder aus dem angeführten Grunde immer noch gröfser, wie früher.

Infolge des gröfseren Bedarfs nach Leder steigerte sich naturgemäfs auch der Bedarf nach den Rohstoffen, aus denen das Leder hergestellt wird, also besonders nach Tierhäuten. Die einheimische Landwirtschaft vermochte zunächst nicht denselben zu decken. Es mufste dazu der ausländische Markt herangezogen werden. Das Land, das am meisten Häute produzierte, war in der Mitte dieses Jahrhunderts Amerika. Sein zahlreicher, noch nicht dezimierter Wildstand lieferte reiche Ausbeute an Häuten, die die aus den Indianererzählungen bekannten Jäger des far west auf den Markt brachten. Als nun erst die gewaltige Massenschlächterei und damit auch die Massengewinnung von Tierhäuten entstand, wie sie namentlich die Bereitung von dem weltbekannten Liebigs Fleischextrakt bedingt, da nahm der Import von Tierhäuten nach den Ländern des Kontinents gewaltige Dimensionen an.[1]) Der Häutehandel koncentrierte sich in der Hand weniger überseeischer Firmen, die in bestimmten Perioden Riesenmassen von Häuten, sortiert nach Qualität und Gröfse, auf den Markt warfen. Ist es da ein Wunder, wenn sich kapitalkräftige und unternehmungslustige Leute fanden, die diese Riesenmassen aufkauften und im grofsen zu verwerten suchten? Es entstanden in Deutschland Ende der 40er Jahre und anfangs der 50er Jahre zahlreiche Lederfabriken, z. B. in Hamburg und Umgegend, in den rheinischen Städten, in der Gegend von Mainz und Frankfurt a. M.,[2]) die unter Benutzung mechanischer Betriebskräfte das Leder im Grofsbetriebe herstellten und damit einen ausgedehnten Handel trieben.

Diesen Lederfabriken kam der Aufschwung der gesamten gesamten gewerblichen Technik, durch den unser Jahrhundert so ausgezeichnet ist, zu gute. Besonders die Chemie gewährte durch wissenschaftliche Untersuchung der Gerbmethoden einen klaren Einblick in den Gerbprozefs und schaffte damit die Basis zur Vervoll-

---

[1]) Vgl. Borgius, Die Lohgerberei in Breslau, IV, S. 6.
[2]) Vgl. Wirminghaus, Lohgerberei in Coeln, IV, S. 251.

kommnung desselben. Trotzdem fanden die Lederfabriken in Deutschland nicht so schnell allgemeine Verbreitung. wie in anderen Ländern (Amerika, England). Noch im Jahre 1856 schreibt Dr. C. G. Rehlen in seiner Geschichte der Handwerke und Gewerbe:[1] „Auch haben sich die deutschen Gerbereibesitzer noch lange nicht genug der geeigneten mechanischen Betriebskräfte durch Wasser und Dampfkraft bemächtigt und überhaupt sind nicht genug Lederfabriken vorhanden." Erst später in den 70er und Anfang der 80er Jahre vermehrte sich die Zahl der Lederfabriken.

Die Thätigkeit, die bei dem Gerben der Tierhäute zu verrichten ist, zerfällt in drei Abschnitte. in die Reinigung der Haut von den Haaren und den Fleischteilen. die an der Haut noch sitzen. in den eigentlichen Gerbprozefs und in die Zurichtung des gegerbten Leders. Der Handwerker verrichtet alle diese Thätigkeiten mit der Hand, und der eigentliche Gerbprozefs dauert sehr lange — bis zu zwei Jahren, weil die Häute in verschiedenen Gruben mit verschieden starken Lohbrühen liegen müssen. Der Grofsbetrieb verwendet dagegen statt der langsam wirkenden Eichenlohe exotische Gerbmittel, die bei weitem schneller wirken, z. B. das Quebrachoholz. Der Kleinmeister behauptet zwar, dafs er diese Gerbmittel schon deshalb nicht gebrauche, weil die Eichenlohe solideres und dauerhafteres Leder erzeuge,[2] in Wahrheit besitzt er jedoch nicht die Mittel, um die nötige starke Hitze zu erzielen, wie sie bei der Verwendung des Quebrachoholzes notwendig ist, um die nachteiligen Nebenwirkungen, die dieses stark wirkende und schnell arbeitende Gerbmittel immerhin hat, zu paralysieren. Infolge dieser Möglichkeit der Verwendung schneller wirkender Gerbmittel dauert der Gerbprozefs in der Lederfabrik höchstens 8 Wochen, während er beim Kleinbetrieb mindestens $1/_2$ bis 2 Jahre in Anspruch nimmt.

Für die einzelnen Thätigkeiten des Zurichtens des gegerbten Leders hat der Grofsbetrieb verschiedene komplizierte Maschinen, die mit Dampfkraft getrieben werden und besser und schneller arbeiten, als die Handarbeit. Hier ist besonders die Spaltmaschine zu nennen.[3] Um die gegerbte Haut von allen Unebenheiten und Ungleichmäfsigkeiten zu befreien, wird sie beim Handwerker gefalzt, d. h. mittels eines schweren scharfen Eisens werden alle starken Stellen der Haut

---

[1] Rehlen a. a. O. S. 140.
[2] Mayer, Lage der Weifsgerber und Lohgerber in Prenzlau I, S. 127.
[3] Vgl. Nübling, Das Ledergewerbe in Württemberg VIII, S. 499; Junghaus a. a. O. V, S. 417 ff.

heruntergeschafft. Die Spaltmaschine verrichtet diese Thätigkeit,
indem sie das Leder einfach in zwei Teile spaltet, von denen der
eine die gute Qualität liefert, der andere zwar minderwertig, aber doch
verwendbar ist.

Aufser diesen technischen Vorzügen hat der Grofsbetrieb nun
noch andere, die besonders beim Einkauf der Rohstoffe und Absatz
der fertigen Produkte hervortreten. Sowohl Anlage wie Betriebskapital sind beim Handwerker in der Gerberei verhältnismäfsig grofs.
Die Gruben und die Räume zum Aufbewahren der Häute erfordern
ein Grundstück, und, da der Gerbprozefs lange Zeit in Anspruch
nimmt, also die Zeit zwischen Einkauf des Rohmaterials und Verkauf
des fertigen Produktes ziemlich grofs ist, ist auch das erforderliche
Betriebskapital hoch. Das Anlage- und Betriebskapital des Grofsbetriebes steht dazu in keinem Verhältnis, da sich sein Betriebskapital viel rascher infolge des kürzeren Gerbprozesses umsetzt und
infolgedessen sein Anlagekapital auch weit mehr ausgenutzt wird.

Der Grofsbetrieb ist immer der kaufmännisch überlegenere. Sein
Leiter ist ja fast immer eine Person, die nur kaufmännisch gebildet
ist, und dieser Umstand giebt ihm Vorteile vor dem Handwerk, die
sehr bedeutend sind. Aus den in Hamburg, Antwerpen und Köln [1])
eintreffenden Häuteladungen kauft der Grofsindustrielle persönlich
oder durch seine Kommissionäre ein; verarbeitet er inländische Häute,
so bezieht er sie en gros gegen Barzahlung vom Schlachthof mit
10 % Rabatt. Der Handwerker sieht sich darauf angewiesen, da die
Häute des Fleischers seinen Bedarf doch nicht decken, zum Häute-
händler zu gehen. Da er ihn meistens nicht bar bezahlen kann, so
mufs er sich einen Aufschlag gefallen lassen und es ist klar, dafs so
der Grofsbetrieb seine Rohprodukte viel billiger bezieht, als der
Handwerker.

Auch beim Absatz des fertigen Leders sind für den Grofsbetrieb
günstigere Bedingungen, als für das Handwerk vorhanden. Der
Grofsbetrieb liefert mehr direkt an den Verbraucher des Leders, an
die grofsen Schuhfabriken u. s. w. Beim Handwerker schiebt sich
auch hier wieder der Zwischenhandel ein, den er weit lieber benutzt,
als den direkten Verkauf an den kleinen Schuhmacher. Dieser sucht
sich nämlich aus einem gröfseren Posten Leder die besten Qualitäten
heraus und läfst die schlechten liegen, die dann unter dem Kosten-
preis verschleudert werden müssen, während jener ihm immer den

[1]) Vgl. Wirminghaus a. a. O. IV. 252; Borgius a. a. O. IV, 8.

ganzen Posten gute und schlechte Ware abnimmt. Aber es ist klar, dafs auf diese Weise der Handwerker weit ungünstiger verkauft, als der Grofsbetrieb. Und gerade der Handwerker mit seiner beschränkten Produktion bedarf der guten Preise mehr, als der Grofsbetrieb. Dieser kann sich bei seinem starken Umsatz schon mit einem geringen Verdienst begnügen, der Handwerker bedarf jedoch bei seiner weniger umfangreichen Produktion und bei seinem langsameren Umsatz des Betriebskapitals auch eines höheren Verdienstes.

Über die Entwicklung der Gerberei in den letzten 20 Jahren zeigt die Statistik folgendes Bild.

1. Zahl und Art der Betriebe, sowie der darin beschäftigten Personen.

Jahres-zahl	Zahl der Betriebe über-haupt	Darunter sind				Zahl der in den Hauptbetrieben be-schäftigten Personen
		Haupt-betriebe	Neben-betriebe	hausindustr. Betr.		
				Haupt-betriebe	Neben-betriebe	
Gerberei und Verfertigung von gefärbtem und lackiertem Leder						
1875	11 781	11 421	360	—	—	41 129
1882	10 455	9 883	572	24	1	43 943
1895	7 637	7 150	887	215	11	53 155

2. Das Personal der Hauptbetriebe nach seiner Stellung im Betriebe.

Es waren innerhalb der Betriebsstätten der Hauptbetriebe durchschnittlich beschäftigt:

Jahreszahl	In Alleinbetrieben (ohne Gehilfen und Motoren) allein arbeitende Selb-ständige	In Mitinhaber-, Gehilfen- und Motorenbetrieben		
		Geschäfts-leiter u. sonst. Inhaber	Kontor-,Bureau-,Ver-waltungs- u. techn. Aufsichtspersonal	sonstige Ge-hilfen und Arbeiter
Gerberei und Verfertigung von gefärbtem und lackiertem Leder				
1882	3 031	7 161	915	32 836
1895	2 062	5 355	1 768	43 970

3. Umfang der Hauptbetriebe.

Es waren Betriebe mit beschäftigten Personen (einschliefslich der Geschäftsleiter):

Jahres-zahl	mit 1 Person	mit 2—5 Personen	mit 6—10 Personen		mit 11—50 Personen	
			Betriebe	darin besch. Personen	Betriebe	darin besch. Personen
1882	3 227	5 387	741	5 375	456	9 127
1895	2 250	3 421	720	5 455	620	13 273

Jahreszahl	mit 51—200 Personen		mit 201—1000 Personen		mit mehr als 1000 Personen	
	Betriebe	darin besch. Personen	Betriebe	darin besch. Personen	Betriebe	darin besch. Personen
1882	61	5 027	10	4 342	1	1 614
1895	119	10 898	17	5 747	3	5 492

In der Berufsstatistik wurden gezählt:

Jahreszahl	Selbständige	Abhängige	Selbständige und Abhängige zusammen	Auf 1 Selbständigen kommen Abhängige
1882	Gerberei, Lohmühlen, Verfertigung von gefärbtem Leder			
	10 583	33 938	44 521	3,2
	Gerberei			
	7 014	39 248	46 262	5,6
1895	Lohmühlen			
	150	525	675	3,5
	Verfertigung von gefärbtem Leder			
	286	4 300	4 586	15,0
	7 450	44 073	51 523	5,9

In Preußen kamen 1849 auf 1 Meister 0,9 Gehilfen, im ganzen Zollverein 1861 1,1 Gehilfen. Setzt man dazu in Vergleich die obigen Zahlen der Berufsstatistik, wonach auf 1 Selbständigen Abhängige kamen: 1882: 3,2, 1895: 5,9, so sieht man, wie hier die Tendenz der Ausbildung gröfserer Betriebe eine andauernde ist. Dasselbe geht ja auch aus der Betriebsstatistik hervor. Auf 1 Betrieb kamen beschäftigte Personen:

1875: 3,6
1882: 4,4
1895: 7,4

Namentlich von 1882 bis 1895 ist der Fortschritt der Grofsbetriebe bemerkbar. Das kaufmännische Verwaltungs- und technische Aufsichtspersonal hat sich um 93 % vermehrt. Alle Betriebe mit 1—10 Personen zeigen von 1882—1895 eine absolute Abnahme, alle Betriebe mit mehr als 10 Personen dagegen eine absolut und relativ starke Zunahme, besonders die Betriebe mit mehr als 50 Personen. 1882 sind erst 45 % aller in den Hauptbetrieben thätigen Personen in Betrieben mit mehr als 10 Personen thätig, 1895 dagegen bereits 66 %. Wenn überhaupt 1895 noch 5671 Betriebe mit 1—5 Personen vorhanden sind, so ist auch hier zu berücksichtigen, dafs sich darunter vielleicht einige zum Lederhandel übergegangene ehemalige Gerbermeister befinden. Hält aber die in den obigen Zahlen in die Erscheinung tretende Tendenz an, und nach allem wird sie wohl anhalten, dann wird es nicht mehr allzulange dauern, bis nur noch einige kümmerliche Reste des Handwerks vorhanden sind und die Lederfabriken den Bedarf fast ausschliefslich decken.

3. Böttcher.

Unter dem Namen Böttcher fafst man eigentlich zwei verschiedene Gewerbe zusammen, das Küfer- und das Küblergewerbe. Diese Teilung kennt man jedoch fast nur in Süddeutschland und am Rhein. Unter Küferarbeit versteht man dort alle Arbeiten, die mit der Behandlung des Weines zu thun haben, wie das Füllen der Fässer, das Ablassen und Mischen der Weine, das Reinigen, Schwefeln und Pichen der Fässer und aufserdem die Herstellung aller Fässer und ihre Reparaturen. Kübler sind dagegen alle die Leute, die sich mit der Anfertigung von offenen Gefäfsen aus Tannen- und Kiefernholz befassen. Heute spielt diese Scheidung selbst in Süddeutschland keine Rolle mehr,[1]) wohl weil die Bedeutung der Küblerwaren immer geringer wird und sich vom eigentlichen Küblergewerbe nur verhältnismäſsig wenig Leute ernähren können. In Norddeutschland hat man eine Trennung der beiden Gewerbe wahrscheinlich überhaupt nicht gekannt.

Über das Böttchergewerbe sind der Statistik folgende Zahlen zu entnehmen:

Jahres-zahl	Zahl der Betriebe überhaupt	Darunter sind				Zahl der in den Hauptbetrieben beschäftigten Personen
		Haupt-betriebe	Neben-betriebe	hausindustr. Betr.		
				Haupt-betriebe	Neben-betriebe	
1875	41 352	39 144	2 208	—	—	58 422
1882	39 555	32 639	6 916	216	107	50 965
1895	30 743	24 150	6 593	605	119	43 005

Es waren beschäftigt:

Jahreszahl	In Alleinbetrieben (ohne Gehilfen und Motor) allein arbeitende Selbständige	In Mitinhaber-, Gehilfen- und Motorenbetrieben		
		Inhaber und sonst. Geschäftsleiter	kaufmännisches und technisches Verwaltungspersonal	sonstige Gehilfen und Arbeiter
1882	21 773	10 365	108	18 719
1895	15 118	8 174	216	19 497

Von den Hauptbetrieben waren:

Jahres-zahl	Betriebe mit 1 Person	mit 2—5 Personen	mit 6—10 Personen		mit 11—50 Personen	
			Betriebe	darin besch. Personen	Betriebe	darin besch. Personen
1882	22 358	9 904	253	1 841	118	2 262
1895	15 821	7 810	843	2 431	153	2 947

---

[1]) Kriele. Das Böttchergewerbe in Straſsburg III. S. 365.

3*

Jahreszahl	Betriebe mit 51—200 Personen		mit 201—1000 Personen	
	Betriebe	darin besch. Personen	Betriebe	darin besch. Personen
1882	6	504	—	—
1895	18	1 348	3	626

In der Berufsstatistik wurden Böttcher gezählt:

Jahreszahl	Selbständige	Abhängige	Selbständige und Abhängige zusammen	Auf 1 Selbständigen kommen Abhängige
1882	32 005	26 490	58 495	0,8
1895	23 586	31 947	55 533	1,4

Aus diesen Zahlen tritt zunächst die auffällige Thatsache hervor, dafs die Gesamtzahl der im ganzen Böttchergewerbe thätigen Personen von 1875 bis 1895 eine fortdauernde Abnahme zeigt. Diese Abnahme erklärt sich hauptsächlich durch die Verringerung der wirtschaftlichen Bedeutung des Böttchergewerbes. Zwar ist ein Hauptprodukt des Böttchers, das Fafs, noch nach wie vor ein wichtiger Artikel, nach dem auch heute ein grofser Bedarf vorhanden ist, denn es wird aufser zum Aufbewahren von allerhand Flüssigkeiten, wie Wein, Bier, Spiritus, Öl, Petroleum u. dergl. auch als Verpackung für viele Arten von Waren, wie Obst, Seife, Schnupftabak, Droguen, Fische, Butter, Margarine, Gemüse, Kartoffeln, Cement u. s. w. benutzt. Aber der Bedarf nach den zahlreichen Kübler- oder Kleinböttcher-Waren, den offenen Gefäfsen aus Tannen- und Kiefernholz, hat ganz erheblich nachgelassen. Die Gründe dafür liegen in verschiedenen Umständen. Einmal sind eine ganze Reihe solcher Kleinböttcherwaren, die früher in jedem Haushalte die gröfste Rolle spielten, durch entsprechende Produkte anderer Gewerbe ersetzt worden. Die hölzernen Eimer, die hölzernen Badewannen finden wir heute nur noch selten, statt dessen verwendet man solche aus Blech oder Emaille, das Waschgeschirr besteht heute fast nur noch aus

Porzellan oder Thon, das Butterfaſs hat der Centrifugenmolkerei
weichen müssen. Auch hat die allgemeinere Einführung der öffentlichen Wasserleitungen und Badeanstalten in jedem Haushalte Küblerwaren überflüssig gemacht. Wo man das Wasser aus der Leitung
immer frisch erhalten kann, da braucht man nicht mehr die Schar
von Böttchergefäſsen, die früher zum Transportieren und Aufbewahren
des Wassers nötig waren. Wo man die öffentlichen Badeanstalten
gegen einen billigen Preis benutzen kann, kann man leicht die hölzerne
Badewanne, die früher in jedem Hause zu finden war, entbehren.
Schlieſslich hat auch die Tendenz unserer Hauswirtschaft, sich aller
produktiven Elemente möglichst zu entledigen, auf die Abnahme des
Bedarfs an Kleinböttcherwaren eingewirkt. Früher hielt jede Haus-
frau immer einen gewissen Vorrat an verschiedenen Lebensmitteln
bereit. Das Fleisch, das Mehl, das eingemachte Sauerkraut und die
eingemachten Bohnen, das alles wurde früher meist in Gefäſsen aufbewahrt, deren Herstellung und Reparatur der Böttcher besorgte.
Heute bezieht man diese Waren vom Kaufmann im einzelnen und
hat die Gefäſse zum Aufbewahren nicht mehr nötig. Hier und da
macht sich jetzt auch die Gewohnheit bemerkbar, die Wäsche auſser-
halb der Haushaltung in groſsen Waschanstalten waschen zu lassen.
Sollte dieser Brauch allgemeiner werden, so würde wiederum eine
Anzahl Böttchergefäſse, wie die Wannen, Zuber u. dergl. überflüssig
werden. Kurz gesagt, die Bedeutung des Böttchergewerbes nimmt
immer mehr ab. Deshalb ist es auch nicht wunderbar, wenn sich
hier die im Gewerbe thätigen Personen fortdauernd verringern.

Auſserdem zeigen die obigen Zahlen auch eine fortdauernde Zunahme der Groſsbetriebe. 1875 kamen auf einen Hauptbetrieb durchschnittlich 1,49 Personen, 1882 1,56 und 1895 1,78. Das kaufmännische und technische Verwaltungspersonal, daſs doch nur im
Groſsbetriebe eine Rolle spielt, ist von 1882 bis 1895 von 108 auf
216 gestiegen. Die Betriebe mit 1 und 2—5 Personen zeigen eine starke
absolute Abnahme, während die Betriebe mit 6—10, mit 11—50,
51—200 Personen eine starke absolute wie relative Zunahme aufweisen.
Während 1882 ein Betrieb mit über 200 Personen überhaupt nicht vorhanden war, giebt es 1895 deren 3. Während 1882 von 50 965 insgesamt
beschäftigten Personen nur 2 766 in Betrieben mit über 10 Personen beschäftigt sind, sind es 1895 von 43 005 4 921. Diese Zahlen zeigen deutlich, daſs auch hier eine Groſsindustrie beginnt, rasche Fortschritte zu
machen. Aber noch sind 1895 35 653 Personen, also unfähr 83 %, aller, in
Betrieben mit 1 u. 2—5 Personen thätig. Allerdings kann man verschiedene

Betriebe von der Gruppe 2—5, und wohl auch 6—10 Personen, die
mit in den Zahlen enthalten sind, nicht zum selbständigen Handwerk
rechnen. Hier werden vielmehr eine ganze Reihe von Teilen anderer Betriebe mit nachgewiesen sein. Grofse Weinhandlungen, grofse Droguen-
geschäfte, gröfsere Brauereien u. dergl. pflegen heute wegen der
grofsen Inanspruchnahme der Böttcherarbeit in ihrem Geschäft eine
eigene Böttcherwerkstatt als Teil ihres Betriebes zu unterhalten. Wie
in der Einleitung (vergl. S. 14.) darauf hingewiesen, zählt die Gewerbe-
statitik alle diese Teilbetriebe als selbständige Betriebe und das mufs
man bei der Beurteilung der obigen Zahlen berücksichtigen. Aber
auch trotzdem sind die wirklich existierenden handwerksmäfsigen
Böttcherbetriebe immer noch verhältnifsmäfsig zahlreich.

Die Grofsindustrie, die sich auf dem Produktionsgebiet des
Böttchergewerbes gebildet hat, ist die Fafsfabrikation. Sie ist
die einzige, hat aber trotzdem eine grofse Bedeutung, weil, wie bereits oben darauf hingewiesen wurde, das Fafs heute eine vielfache
weitverbreitete Verwendung hat. Ja man kann behaupten, dafs
jetzt mehr Fässer, als andere Böttcherwaren zusammen gebraucht
werden. Deshalb ist mit der Ausdehnung der Fafsfabriken auch dem
Handwerk ein grofses Feld seiner Thätigkeit unzugänglich geworden.
Denn nach Lage der Verhältnisse wird eine Konkurrenz des Handwerks mit den Fafsfabriken bald ein Ding der Unmöglichkeit sein. Die
technischen Vorteile, die die letzteren besitzen, sind sehr grofs und
können durch keine etwaigen Nachteile aufgewogen werden.

Die Herstellung eines Fasses im Handwerksbetriebe ist äufserst
mühselig. Das bereits zu Stäben vorgearbeitete Holz mufs zunächst
in die Dauben umgewandelt werden. Zu diesem Zwecke werden die
Stäbe gestreift d. h. mit Hilfe von Beilen auf die ungefähre Form
der Daube gebracht und mit groben Hobeln auf der äufseren Fläche
bearbeitet, damit sie nach aufsen die nötige Rundung erlangen. Die
Rundung nach der Innenseite wird mit den Ziehmessern hergestellt,
indem die Dauben ausgehöhlt werden. Darauf werden die beiden
Fügeflächen auf der Fügebank, einem grofsen schräg stehenden Hobel,
bearbeitet. So sind die Dauben soweit zugerichtet, dafs sie zum
Fafs zusammengestellt werden können. Aber noch können sie nur
an einem Ende fest zusammengeschlossen werden, am andern Ende
spreizen sie noch auseinander. Um die Dauben biegsamer zu machen,
kommen sie in einen grofsen Brühkessel. Die gröfseren Fässer, die
der Brühkessel nicht fafst, müssen durch ein im Innern angelegtes
Feuer unter Befeuchtung der Dauben mit Wasser zum Zusammen-

ziehen weich gemacht werden. Nach dem Brühen oder Ausfeuern können auch die noch auseinanderspreizenden Dauben mit einer Schlinge zusammengezogen und mit Fafsreifen umschlossen werden. Die Fafskörper müssen dann längere Zeit trocknen. Unterdes werden die Böden hergestellt und auf der Fügebank mit Fügeflächen versehen. Sind die Dauben getrocknet, so werden sie abgeglichen und mit Hilfe eines besonderen Hobels mit der Kimme, d. i. der Nute zur Aufnahme des Bodens versehen. Darauf werden die um den Fufskörper gelegten Reifen abgenommen, die Böden in das Fafs selbst eingesetzt und das Fafs wird abgebunden, d. h. die endgültig darum bleiben sollenden Reifen werden darumgelegt. Das ganze Verfahren ist ziemlich schwierig. Ein Meister in Halle behauptete, nicht mehr wie 2—3 Fässer mittlerer Gröfse pro Tag anfertigen zu können.

Nun vergleiche man mit dieser mühevollen handwerksmäfsigen Thätigkeit die Produktionsweise einer modernen Fafsfabrik.[1]) Hier beginnt der Produktionsprozefs mit dem Zerschneiden eines grofsen Baumstammes in Bohlen durch eine Laubsäge. Eine Kreissäge zersägt die Bohlen in Stücke, welche der gewünschten Fafsdaubenlänge entsprechen. Diese Stücke kommen unter eine noch nicht lange existierende eigenartige Cylindersäge. Dieselbe schneidet von den Stücken die Fafsdauben nacheinander los. Sie besitzt einen Sägedurchmesser, welcher demjenigen der Fässer entspricht, wodurch die Fafsdauben nicht nur die richtige Wölbung für die Fafsrundung, sondern auch gleichzeitig die gewünschte Dicke erhalten. Die Böden werden von einer Kreissäge ebenfalls von den Bohlenstücken ausgeschnitten. Da die Baumstämme meist frisch zur Verarbeitung gelangen, müssen die ausgeschnittenen Teile, ehe sie weiter verarbeitet werden, austrocknen. Dies wird auf künstlichem Wege mit Dampf in der Trockenkammer erreicht. Die Temperatur mufs dort gerade so gestaltet werden, dafs das Holz nicht darunter leidet und etwa Risse bekommt. Nach der Trocknung gelangen die Dauben zur Abkürzsäge, welche ihnen die nötige Länge verleiht und darauf zur Fügemaschine, welche sie von beiden Seiten behobelt, um ihnen die in der Mitte breite und an den Enden schmale Form zu geben. Die Fügemaschine ist so konstruiert, dafs die Fafsdauben davor in eine Klammer gespannt werden können und durch einen Hebel sich von selbst gegen die Messer der rotierenden Planscheibe der Fügemaschine

---

[1]) Vgl. zu der nachfolgenden Schilderung den Bericht in der deutschen Böttcherzeitung vom 10. Februar 1894.

drücken. Unterdes werden die Bodenstücke von einer Hobelmaschine glatt gebobelt, und von der Fügemaschine an den Seiten abgeschrägt. Da der Fafsboden immer aus mehreren Stücken zusammengesetzt ist, so müssen die einzelnen Stücke aneinander befestigt werden. Zu diesem Zwecke werden mittelst kleiner Nagelbohrmaschinen die Stiftenlöcher eingebohrt und in jedes Stück zwei Stiften eingeschlagen. Da die Bohrer stets gleichen Abstand haben, so passen die zwei Stiften eines jeden Bodenstückes genau in die zwei Löcher des angesetzten zweiten und dritten Bodenstückes, wodurch der Boden bequem zusammengesetzt werden kann. Die Dauben erhalten die Kimme, in die die Böden eingesetzt werden, durch eine Maschine, die die Kimme mittels rotierender Schneidewerkzeuge herstellt. Werden dann die Fässer verschickt, so werden die Dauben und Böden gar nicht zusammengestellt, man packt vielmehr die zusammengehörigen Teile zusammen und es bleibt dem die Fässer verwendenden Unternehmer überlassen, sie durch Böttchergesellen zusammenzusetzen.

Die Maschinen einer Fafsfabrik werden mit Dampf getrieben. Die Dampfmaschine kann oft allein durch die Abfälle bei der Fabrikation geheizt werden. Dafs die Fabriken die Fässer an und für sich billiger herstellen können als es im handwerksmäfsigen Betriebe möglich ist, scheint nicht zweifelhaft zu sein. Sie beziehen den Rohstoff, die Baumstämme verhältnismäfsig billig und die ganze Produktion vollzieht sich schnell und glatt. Darin beruht auch ihre Ueberlegenheit, dafs sie bei plötzlich auftauchendem Bedarf in verhältnismäfsig kurzer Zeit allen Anforderungen genügen können.

Übrigens hat der Handwerker noch keineswegs die Anfertigung von Fässern vollständig aufgegeben. In Halle waren noch verschiedene Betriebe zu finden, die sich damit befafsten, aber ein Inhaber versicherte, dafs er doch nur geringen Verdienst dabei habe. Er hatte deshalb bereits damit begonnen, fertige Dauben und Böden aus Fabriken, die in den Harzwaldungen angelegt sind, zu beziehen und sich auf die Zusammenstellung der Teile zu beschränken. Was die Fafsfabrikation erheblich erschwert, ist der Umstand, dafs die Fässer in so verschiedenen Formen gebraucht werden. Jede Brauerei hat ihr eigenes Muster und läfst sich nur schwer von demselben abbringen. Die Fafsfabriken produzieren aber am billigsten, wenn sie eine möglichst grofse Quantität gleicher Stücke anfertigen können. Sind die Formen häufig verschieden, so müssen die Maschinen immer umgestellt werden, und mancherlei andere Umständlichkeiten werden erfordert, sodafs der Gang der Produktion erheblich langsamer wird. Man kann

jedoch annehmen, dafs alle Fafsarten, gleichviel, welche Gestalt sie
haben, aus welchem Material sie hergestellt sind und welchem Zweck
sie dienen, mittels Maschinen sich herstellen lassen, ausgenommen sind
nur die ganz grofsen Gärbottiche und Lagerfässer.[1]) Für diese sind
die Maschinen meist nicht grofs genug.

Man wird wohl mit der Thatsache rechnen müssen, dafs mit der
Zeit die Herstellung der Fafsdauben und Fafsböden ganz in die Hände
der Fabriken kommt. Aber man darf auch nicht vergessen, dafs die
Fabriken nicht den Produktionsprozefs immer bis zu Ende führen können.
Die Fässer lassen sich am besten in auseinandergenommener Gestalt ver-
senden. Es bleibt immer dann noch das Zusammensetzen, das auch nur
von geübter Hand ausgeführt werden kann. Wahrscheinlich werden
sich die Zustände so entwickeln, dafs alle Betriebe, die auf gröfseren
Konsum von Fässern angewiesen sind, wie alle die grofsen Droguen-
geschäfte, wie auch die Butter- und Margarinegeschäfte, die die Fässer
zu Verpackungszwecken benutzen, mit den Fafsfabriken in direkte
Verbindung treten und die Zusammensetzung von eigens dazu ange-
stellten Böttchergesellen vornehmen lassen. Dagegen kann sich zur
Deckung des gelegentlichen Bedarfs ein Fafshandel in der Hand des
Handwerksmeisters konzentrieren. Thatsächlich haben sich hier und
dort bereits die Verhältnisse so gestaltet. Wie oben erwähnt, be-
gann ein Meister in Halle bereits mit dem Bezuge von zugerichteten
Dauben. Dazu kommt, dafs sich Böttchermeister häufig auch mit
dem Handel von alten Fässern befassen. Derselbe ist ganz einträg-
lich. Mancher ist froh, seine Fässer, die er nicht mehr verwerten
kann, für einen beliebigen Preis loszuschlagen. Für andere dagegen
können gebrauchte Fässer gerade noch sehr brauchbar sein, so dafs
sie gern einen höheren Preis dafür zahlen.[2])

Ganz abgesehen davon ist aber überhaupt nicht anzunehmen, dafs
das Fafs ganz aus dem Produktionsgebiet des Handwerkes scheiden
wird. Alle Fässer sind sehr lange haltbar. Wenn irgend möglich,
werden sie so lange verwertet, wie es eben geht und Reparaturen
werden vorgenommen, solange durch dieselben die vorhandenen
Schäden irgendwie ausgebessert werden können. Reparaturen haben
immer im Böttchergewerbe eine grofse Rolle gespielt. Kannte man
doch schon zur Zunftzeit ein Gewerbe, das sich nur mit Flickarbeiten

---

[1]) Vgl. den Bericht des Ingenieurs einer Maschinenfabrik für Böttcherei-
maschinen in Flensburg bei A. Voigt, Kleingewerbe in Karlsruhe III. S. 136.

[2]) Vgl. Plenge. Das Böttchergewerbe in Leipzig II. S. 35.

in der Böttcherei befafste. Das waren die sogenannten Altlapper
oder Altbinder.[1]) In vielen Detailhandlungen, wo Waren in Fässern
aufbewahrt werden, hat der Böttcher seinen ständigen Tag, an dem
er alle Fässer auf ihren Zustand prüft und, wenn nötig, neue Reifen
darum legt oder sonstige Verbesserungen vornimmt. Ferner bleibt
dem Böttchermeister da, wo ihm die eigentliche Küferarbeit zufällt,
auch das Lohnwerk der Kellerarbeit, das Abziehen der Weine, Ver-
ziehen und Verschliefsen der Fässer und dergl. Am Rhein und in
Süddeutschland, wo jeder einigermafsen besser Situierte einen kleinen
Weinkeller hält, spielt dieser Teil der Küferarbeit eine erhebliche
Rolle[2]) und die Kleinbetriebe, die in dieser Arbeit ein gar nicht
kleines Feld der Thätigkeit besitzen, sind immerhin verhältnismäfsig
zahlreich.

Eine andere Grofsindustrie, als die Fafsfabrikation hat sich auf
dem Produktionsgebiete des Böttchergewerbes bisher noch nicht gebildet. So werden heute noch die mannigfachen Kleinböttcherwaren,
die offenen Gefäfse aus Tannen- und Kiefernholz, vom Kleinbetriebe
hergestellt. Aber es sind in der Regel ganz bestimmte Kleinbetriebe,
die sich damit befassen. Die Kleinböttcherwaren z. B., die in Halle
(vielfach auf dem Wochenmarkt, aber auch in den Böttcherläden).
feilgeboten werden, stammen zum weitaus gröfsten Teile aus länd-
lichen Betrieben vom Harz, aus Benneckenstein u. s. w. Die Hausindustrie, die sich in diesen Kleinböttcherwaren bildete, produziert so
billig, dafs der städtische Böttcher lieber auf die eigene Produktion
verzichtet und sich nur mit dem Handel der Kleinböttcherwaren
befafst. So kann man es in Halle beobachten und aus anderen
Städten, wie Leipzig,[3]) Strafsburg,[4]) Karlsruhe[5]) und Jena[6]) wird das
Gleiche berichtet. Wie aus den oben mitgeteilten Zahlen hervorgeht,
hat sich ja auch die Hausindustrie in letzter Zeit ziemlich stark vermehrt. Es wurden gezählt

1882 216 hausindustr. Hauptbetr. u. 107 Nebenbetr. mit 294 in den Hauptbetr.
beschäftigten Personen
1895 605 hausindustr. Hauptbetr. u. 119 Nebenbetr. mit 1777 in den Hauptbetr.
beschäftigten Personen

---

[1]) Vgl. Bergius, Neues Policey- und Kameralmagazin, 1789, Art. Böttcher.
[2]) Vgl. Kriele, Das Böttchergewerbe in Strafsburg III, S. 365 ff.
[3]) Vgl. Plenge a. a. O. S. 28.
[4]) Vgl. Kriele a. a. O. S. 378.
[5]) Vgl. A. Voigt, Kleingewerbe in Karlsruhe III, S. 143.
[6]) Vgl. M. Peters, Das Böttchergewerbe in Jena IX, S. 88.

Aufserdem sind unter den zahlreichen Nebenbetrieben, die die
Böttcherei aufweist, wahrscheinlich eine gröfsere Anzahl von länd-
lichen Betrieben, die sich in der Hauptsache von der Landwirtschaft,
daneben aber auch von der Herstellung von Kleinböttcherwaren ernähren, enthalten.

Eigentlich ist es merkwürdig, dafs die Küblerwaren noch nicht
im maschinellen Grofsbetrieb hergestellt werden. Dafs es möglich ist
und sogar in vollendeter Weise geschehen kann, ist nicht zu be-
zweifeln. Auf der Wiener Weltausstellung wurde eine Maschine zur
Herstellung von Eimern in Thätigkeit vorgeführt, die von einem
Manne bedient täglich 300 Eimer herstellte.[1] Aber die billige Herstellung, die die Küblerwaren auch so schon in der Hausindustrie und
im Hausfleifs ländlicher Betriebe erfahren, andrerseits der mit der
Zeit immer geringer werdende Bedarf, lassen die Grofsfabrikation
hier nicht sehr gewinnbringend erscheinen.

Das Böttchergewerbe ist nicht unberührt von der gewerblichen
Entwicklung geblieben. Sein Produktionsgebiet hat sich sehr ver-
kleinert und in der Fafsfabrikation beginnt die Grofsindustrie dem
Handwerk immer mehr und mehr den Boden zu entziehen. Aber
man kann nicht annehmen, dafs das Handwerk hier vollständig ver-
schwinden wird. Fafshandel und Kleinböttcherwarenhandel, zahlreiche
Reparaturen und in Weingegenden die Küferarbeit werden immer die
Grundlage der Existenz einer Reihe von handwerksmäfsigen Böttcher-
betrieben bilden; die Zahl der letzteren wird zwar erheblich kleiner,
als früher sein, aber sie wird nicht gänzlich auf 0 sinken.

---

[1] Vgl. v. Hesse, Werkzeugmaschinen zur Metall- und Holzbearbeitung
Leipzig 1874, S. 326.

Das Ganze erscheint als Band XXII in der Sammlung national-
ökonomischer und statistischer Abhandlungen des staatswissenschaft-
lichen Seminars zu Halle a. d. S., herausgegeben von Dr. Joh. Conrad,
Professor der Staatswissenschaften zu Halle, im Verlage von Gustav
Fischer.

Vita.

Natus sum Henricus Rudolphus Fridericus Max Mendelson in vico Germanico, cui nomen est Wetzendorf, a. d. IV. Kal. Jun. a. h. s. MDCCCLXXV, patre Maximiliano, matre Hedwig, e gente Greinert, quos superstites esse valde gaudeo. Fidei addictus sum evangelicae.

Primis litterarum elementis imbutus gymnasii, quod appellatur Latina Halensis, discipulis adscriptus sum, octo annos atque sex menses in scholis versatus octobri anni h. s. LXXXXIV cum testimonium maturitatis adeptus essem, Halas Saxonum me contuli ut studio et oeconomicae politicae et iuris prudentiae me darem. Septies sex menses adhuc mansi ibi.

Docuerunt me viri doctissimi Conrad, Diehl, Erdmann, Friedberg, Haym, Heck, Loening, Rümelin, Stammler, Sommerlad, Upbnes, Vaihinger.

Comitate Johannis Conrad mihi contigit, ut seminarii politici essem sodalis ordinarius. Omnibus viris praeclarissimis, qui summa me liberalitate in studiis adiuverunt, imprimis vero Johanni Conrad, qui et clementissimis consiliis et magna benevoletia me semper adjuvit, gratiam habeo atque semper habebo.

Lippert & Co. (G. Pätz'sche Buchdr.), Naumburg a. S.